_____ 님께 드립니다.

_____년 _____월 _____일

_____

네 꿈과 행복은
10대에 결정된다

네 꿈과 행복은
10대에 결정된다

· 심리학자 아버지가 아들에게 보내는 편지 ·

이민규 지음

ⁿ 더난출판

교수님께서 우리 10대들의 생각을 아주 잘 알고 있다는 점에서 크게 놀랐고 또 신기했다. 어른들은 우리를 이해하지 못할 거라는 고정관념을 깨뜨린 책이다. 10대들이 대부분 공감할 수 있는 내용들로 가득 차 있고, 책을 읽으면서 중간중간에 생각을 정리해볼 수 있어서 정말 좋았다.

— ee**oo77

학창 시절 공부를 지긋지긋하게 생각했다. 시험 때문에 어쩔 수 없이 했던 공부를 어른이 된 지금은 찾아서 하고 있다. 이제야 공부의 필요성을 느꼈기 때문이다. 지난날의 후회에는 여러 가지가 있지만 그중 배움에 대한 후회가 가장 크다. 중학생 조카에게 권하려다 철부지 어른이 흠뻑 빠져버린 이 책을 적극 추천한다.

—kmso**r

슬슬 진로도 고민되고 공부를 잘하고 있는지 불안한 중2인데, 우리에게 필요한 구체적인 지도를 제시하는 책이다. 밑줄 그으며 읽어가면서 생각을 정리할 수 있는 인생 지도다.

—te**love

10대 아이를 셋이나 둔 나는 갈수록 아버지의 자리가 어렵게만 느껴진다. 저자 역시 심리학 박사이면서도 자녀들과 소통하는 것이 결코 쉽지 않았다고 고백하는 대목이 큰 위안이 되었다. 일에서 성공했어도 아버지로서 실패한다면 결코 행복하지 못할 것이다. 아버지 노릇 한 번 잘해 보고 싶다. 10대 자녀들을 위해 아버지로서 알려주어야 할 내용을 풍성하게 책에 담아준 저자에게 감사드린다.

—vision**

스스로 해이해졌다고 생각될 때 이 책을 꺼내본다면 자신을 돌아볼 수 있는 계기가 될 것이다. 청소년뿐만 아니라 나 같은 대학생들에게도 꼭 권하고 싶은 책이다.

―ccg**o

이 책은 아이들에게 쉽게 다가가게 하는 장점이 있다. 열등감을 느끼게 하지 않으면서 자신이 이해받고 있다는 느낌을 갖게 한다. 뭐가 뭔지도, 어디로 나아가야 할지도, 무엇이 소중한지도 모르는 많은 10대들에게 '그래, 다시 힘을 내야지!' 하고 마음을 다잡게 하는 힘이 있다. 새롭게 일어설 수 있고 그래서 꿈을 조금씩 실현할 수 있는 힘을 얻는다면 이보다 더 큰 선물이 어디 있을까.

―bi**oo

부모와 교사가 먼저 읽고 10대들에게 권하는 책! 꿈을 잃은 청소년들에게 벅찬 자신감을 주는 지침서다.

―ma**

고등학생 동생에게 추천하는 책 5권 중 하나로 선정했다. 읽다 보면 '진짜 나도 이런 생각한 적 많았는데…'라며 공감 가는 부분도 많고, '나도 이렇게 해봐야지!'라며 무한한 의지를 샘솟게 하는 책이다.

―or**geej

읽는 내내 즐겁고 행복했다. 이 책은 구체적인 사례가 많아 너무 좋았다. 중학교나 고등학교에 입학할 때쯤 읽으면 좋은 책일 듯하다. 우리나라 부모들도 꼭 읽어야 할 책이 아닌가 싶다. 내가 학생 때 이런 책이 있었다면 얼마나 좋았을까.

―psrp**

차례

1부
관점을 바꾸면 세상이 즐겁다

2부
목표가 정해지면 모든 것이 달라진다

이 책이 『네 꿈과 행복은 10대에 결정된다』라는 제목으로 처음 세상에 나온 지 벌써 15년 가까이 지났다. 10대를 시작하면서 나와 이메일을 주고받던 아들은 어느덧 30대에 접어들었고 한 아이의 아버지가 되었다. 돌이켜보니 세월이 쏜살같이 흘렀다.

몇 년 전 이 책을 다시 살펴보며 내용을 대폭 손보고 『지금 시작해도 괜찮아』로 제목도 바꿔 달아 세상에 내놓았다. 그런데 『지금 시작해도 괜찮아』를 읽은 여러 독자들이 책 제목만 보면 10대를 위한 지침서라기보다는 좌절을 겪고 있는 젊은이나 직장인을 대상으로 쓴 자기계발서처럼 보인다는 의견을 주었다. 『네 꿈과 행복은 10대에 결정된다』라는 원제를 살렸으면 좋겠다는 의견도 여럿 있었다. 이런 의견들을 수렴하고 책 속의 주제별로 핵심 내용을 정리해 새롭게 『네 꿈과 행복은 10대에 결정된다』 개정판을 출간하게 되었다.

청소년을 자녀로 둔 부모들이 아이를 이해하는 데 이 책이 조금이라도 도움이 되었으면 좋겠다. 그리고 질풍노도의 시간을 보내고 있는 10대 청소년들이 꿈을 이루는 데 보탬이 될 수 있기를 간절히 소망한다.

이민규

네가 꿈을 이루면
그건 또 다른 누군가의 꿈이 된다

내가 서울대학교에서 박사과정을 이수하면서 카운슬러로 일하고 있을 때 아들이 태어났다. 대학생들과의 상담을 통해 알게 된 사실 중 하나는, 이런저런 문제로 상담실을 찾는 학생들 상당수가 부모와의 관계에 문제가 있다는 것이었다. 그래서 나는 아들에게 공부를 시키기보다 틈날 때마다 함께 놀면서 아이와 좀 더 친밀해지려고 노력했다. 그 덕분에 아이는 나를 무척 좋아했다. 아주 어릴 적 언젠가 이런 말을 할 정도였다. "아빠, 나는 아빠가 좋아. 아빠를 그냥 '형'이라고 부르면 안 될까?"

당시 나는 아이들이 부모와 관계가 좋으면 다른 문제는 저절로 해결될 것이라고 생각했다. 추측컨대 내게 상담을 받으러 오는 학생들이 대부분 똑똑하고 공부를 잘했기 때문에 은연중에 그런 생각을 했을지도 모른다. 혹은 내 아이는 저절로 다 잘할 것이라는 교만한 생각을 품었을지도 모른다. 어쨌거나 아이가 초등학교를 마칠 때까지 이런 내 생각은 빗나가지 않았다. 학교를 세 번씩이나 옮기면서도 아이는 친구도 금방 사귀고 공부도 곧잘 했다. 하지만 내가 미처 생각하지 못한 것이 있다는 사실을 뒤늦게 깨달았다.

아이가 중학생이 되고 첫 번째 시험 성적을 받아왔다. 아이의 석차는 차라리 뒤에서부터 세는 게 훨씬 빨랐다. 성적을 보고 나도 충격을 받았지만 아이도 적잖이 충격을 받은 것 같았다. 나중에 알게 된 사실이지만 당시 아이 친구들은 대부분 초등학교를 졸업하기 전에 선행학습을 통해 중학교 1학년 과정을 충분히 익힌 후 중학교에 입학했다고 한다. '아차!' 하는 생각이 들었지만 이미 지난 일이었다. 그저 아이와 잘 놀아주기만 하면 된다고 생각했던 나는 그야말로 하나만 알고 둘은 몰랐던 것이다. 아이와 친밀하게 지내는 것도 좋지만, 공부도 즐겁게 할 수 있도록 도와줬어야 했다. '그렇게 했다면 중학교에 입학해서 아이가 이렇게 고통스러운 시간을 보내지 않았을 텐데…' 하는 생각이 들자 아이에게 너무나 미안했다.

첫 번째 성적이 발표되고 나서 아이는 학교생활을 힘들어하기 시작했다. 학습 진도를 따라갈 수 없게 되자 공부에 흥미를 잃고 학교에도 가기 싫어했다. 친구들과도 잘 어울리지 못하는 것 같았다. 아이에게 도움을 주기 위해 내 나름대로 다양한 시도를 해봤지만 생각만큼 효과가 없었다. 아이에게 도움이 된다고 생각해 한마디 할라치면 말을 꺼내기도 전에 '우리 아빠, 또 시작이구나!' 하는 표정이 역력해졌다. 그러다 보니 대화를 시도하는 과정에서 아이와 사이만 점점 더 나

네 꿈과 행복은 10대에 결정된다

빠질 뿐이었다.

고민 끝에 나는 아이에게 해주고 싶은 이야기를 얼굴을 마주보고 하는 대화 대신에 이메일로 보내기 시작했다. 이렇게 아이에게 해주고 싶은 이야기를 글로 정리해 이메일로 보내자 여러 가지 장점이 있었다. 첫째, 하고 싶은 이야기를 말로 할 때보다 훨씬 더 체계적으로 전달할 수 있었다. 둘째, 관련 사례나 실험 등 아이에게 도움이 될 수 있는 정보를 더 많이 전해줄 수 있었다. 셋째, 직접 대면하지 않으니 감정 대립을 피할 수 있었다.

고맙게도 한 달 두 달, 한 해 두 해… 시간이 흐르면서 아이는 조금씩 변화된 모습을 보이기 시작했다. 그러다 마침내 처음엔 기대할 수 없었던 대학에 입학했고 많은 대학생들이 취업하고 싶어 하는 회사에 입사했다. 만약 아이의 사춘기 시절에 이메일이 아니라 얼굴을 마주보며 대화로 설득하려 했다면, 사이가 나빠져서 지금쯤은 서먹서먹한 부자지간이 되었을지도 모른다. 세월이 많이 흘렀지만 우리는 지금도 주로 이메일을 통해 하고 싶은 이야기를 주고받는다. 우리 부자에게 이메일은 서로의 의견과 정보를 주고받고 공감대를 형성하는 소중한 수단이다.

돌이켜보면 아들이 10대 때 약간의 반항과 문제를 일으킨 것은 나를 위한 의도적인 이벤트였을지도 모른다. 아들이 나를 좀 더 인내심 있는 아빠, 좀 더 지혜로운 심리학자로 만들어주고 싶어서 말이다. 무엇이든 알아서 척척 하고, 공부 안 해도 성적이 쑥쑥 오르는 아이였다면 아마도 나는 아들에게 그렇게 많은 이메일을 보내지 않았을 것이다. 결과적으로 이 책도 빛을 보지 못했을 것이고 지금처럼 아들을 소중하고 사랑스럽게 여기지도 못했을 것이다.

상담을 하다 보면 내 아이처럼 아직 10대인데도 이미 늦었다고 포기하려는 청소년과 부모들이 의외로 많다. 그러나 새로 시작하기에 너무 늦은 때란 없다. 문제가 생기더라도 조금만 다른 관점에서 바라보고, 조금만 더 참고 기다리면서 방법을 찾아보자. 내가 지난 시간을 통해 깨달은 것은 모든 상황은 의미의 씨앗을 내포하고 있으며, 신이 인간에게 선물을 할 때는 늘 문제로 포장을 해서 준다는 것이다. 기회는 언제나 위기라는 가면을 쓰고 나타나며, 모든 문제 속에는 훗날 그 문제를 완전히 역전시킬 수도 있는 크고 작은 기회들이 숨겨져 있다.

이 책을 펼친 독자들 중에는 '공부'라는 단어조차 듣기 싫어하는 사람도 있을 것이다. 공부란 지겹고 짜증나며, 노력해도 잘 안 되는 것이라는 이미지가 강하게 박혀 있기 때문이다. 하지만 무슨 일이든 제대로 하려면 죽을 때까지 공부해야 하는 것이고, 모든 일이 그렇듯 공부에도 왕도가 있다. 부모인 내가 공부를 중요하게 여기지 않아서 내 아이는 오랫동안 고통에 시달렸다. 그건 전적으로 부모인 내 탓이었다. 이 책을 읽는 당신은 내 아들처럼 공부 때문에 오랜 시간을 헛되이 보내지 않았으면 좋겠다는 마음에서 이 책에 효과적인 공부법도 함께 실었다. '공부'라는 말이 듣기 싫더라도 공부 때문에 많은 고생을 했던 자식을 둔 저자의 입장을 헤아려 부디 긍정적인 마음으로 책을 읽어줬으면 좋겠다.

이 책을 손에 쥐고 읽기 시작한 독자 당신에게 몇 가지 당부하고 싶다.

첫째, 이 책을 손에 넣었다면 이제 이 책은 당신의 것이다. 당연한 말이라고 생각할 수 있다. 그러나 나중에 반품할 것처럼 책을 깨끗하게 읽는 사람들이 너무나 많다. 이 책을 읽을 때 반드시 연필이나 볼펜을 들고 읽어줬으면 좋겠다. 형광펜도 하나쯤 놓고 보면 더 좋다. 새겨둘 말이 있으면 밑줄을 그어라. 필요에 따라 별표나 동그라미, 느낌표와 따옴표 등 온갖 그림과 기호를 동원해서 읽었던 흔적을 남겨두기 바란다.

둘째, 이 책을 처음부터 끝까지 모두 읽어야 한다는 부담감을 갖지 않았으면 좋겠다. 책은 처음부터 순서대로 읽어야 한다는 고정관념에서 벗어나 보는 것도 좋다. 읽고 싶은 곳부터 마음대로 골라서 읽어도 좋고 한 챕터만 읽어도 좋다. 딱 한 가지 주제만 읽고 작은 일 한 가지만이라도 실천해도 좋다. 한 가지만 실천하면 당신의 머릿속에 '~을 해냈다면 ~도 할 수 있다'는 생각이 자리를 잡게 될 것이다. 그리고 그 작은 일은 당신의 삶에 도미노 현상을 일으킬 수도 있다.

셋째, 책을 수동적으로 읽지 말고 적극적인 태도로 읽기 바란다. 간간이 읽기를 중단하고 생각할 시간을 가져보라. 그리고 책의 내용과 관련된 자신의 경험과 다른 사람들의 행동을 머릿속에 떠올려보라. 인쇄된 내용을 자신의 경험과 이미지로 전환시켜야 진짜 자기에게 유용한 지식이 된다.

넷째, 자신에게 도움이 되지 않거나 틀렸다고 생각되는 부분이 있다면 과감하게 '×' 표시를 하라. 그리고 여백에 더 좋은 대안을 찾아서 적어보라. 모든 문제는 답이 있고, 해결책은 하나가 아니다. 사람마다 효과적인 해결책이 다를 수 있다. 자신에게 도움이 되지 않는다고 생각되면 이 책 내용을 따르지 마라. 아무리 그럴듯한 내용을 담은 책도 자신에게 도움이 되지 않는다면 그건 좋은 책이 아니다.

마지막으로 책을 다 읽고 난 후에는 자신이 남긴 흔적만을 찾아서 다시 한 번 훑어보라. 그 내용을 어떻게 실천할지 생각해보고 한 가지라도 행동으로 옮겨보라. 다른 사람이 쓴 책을 수동적으로 읽는 것이 아니라 자기가 쓴 책을 읽게 되는 기쁨을 맛보게 될 것이다.

당신이 꿈을 이루게 되면 그건 또 다른 누군가의 꿈이 된다. 부디 이 책을 읽는 독자 여러분 모두가 각자의 꿈을 이루어, 그 꿈이 또 다른 누군가의 꿈이 되기를 간절히 기원한다.

지금의 나를 있게 한 아버지에게
-10대였던 아들이 30대가 되어서…

편지 속의 중학생, 고등학생이던 제가 어느덧 30대 아저씨가 되었습니다. 이제는 한 아이의 재롱을 바라보는 아빠가 되었지만 지금도 옛날처럼 '아버지'가 아닌 '아빠'라고 부르고 싶습니다. 성적이 나빠서 대학 갈 엄두도 못 냈던 제가 대학도 졸업하고 남부럽지 않은 회사에 취업하여 한 아이의 아빠이자 한 가정의 가장이 된 것이 그저 신기하기만 합니다.

지금도 기억납니다. 제 성적이 나빠서 담임선생님으로부터 호출을 받으신 날, 그리고 수업 태도가 불량하다고 더 이상 학원에 보내지 말아달라는 학원 선생님의 전화를 받으신 날, 아빠는 얼마나 당혹스러우셨을까요. 창피하기도 하고 화도 많이 나셨을 것입니다. 하지만 그날 아빠는 하고 싶은 말씀을 편지로 써서 제 책상 위에 두시며 겉봉에는 '아빠 일찍 자니까 깨우지 마라'고 적으셨죠. 그때 아빠의 편지를 읽으면서 마음이 많이 아팠습니다. 그리고 너무 죄송했습니다.

그 뒤로 정말 공부를 열심히 해야겠다고 다짐했습니다. 하지만 마음처럼 되지 않았습니다. 공부가 너무 힘들었습니다. 공부를 해야겠다는 것은 마음뿐이었고, 막상 공부를 하려고 하면 아무것도 머릿속에 들어오지 않았습니다. 학교도, 학원도 말 그대로 '그냥' 다녔습니다. 그런 제 모습을 바라보면서 아빠는 어떤 마음이었을까요? 더군다나 당시 아빠는 대학생들에게 적응심리학을 강의하시고, 학교생활의 적응에 문제가 있는 학생이나 학부모들을 상대로 상담도 하고 부모교육도 하셨습니다. 아빠의 마음고생이 얼마나 심하셨을지 지금 한 아이의 아빠가 되어보니 더욱더 가슴 깊이 와 닿습니다.

그뿐만이 아니었죠. 공부에 흥미를 잃은 저는 대학도 포기하겠다고 했습니다. 그때 아빠는 이렇게 물으셨죠. "그럼 나중에 무슨 일을 하면서 살아갈 거니?" 그래서 저는 "우리 동네 사거리에서 비디오대여점지금은 완전히 사라진 직종이나 하면서 살래요"라고 얼토당토않은 대답을 했습니다. 지금 생각해보니 정말 어처구니가 없네요. 아빠는 그때 얼마나 황당하셨을까요? 그 후 아빠는 주말이면 저를 이 대학 저 대학 데리고 다니면서 캠퍼스투어를 시켜주셨습니다. 근사한 대학 캠퍼스에 가서 대학생활을 즐기는 대학생, 형과 누나들을 보면서 도시락도 먹고 제가 좋아하는 치킨도 먹었습니다. 멋진 장소에서 사진도 찍었습니다. 그러면서 저는 조금씩 대학이라는 곳에 흥미를 갖기 시작했습니다. 지나고 보니 그게 다 아빠의 전략이었더라고요.

대학에 가면 인생이 달라질 수 있다는 아빠의 말이 아마 그때쯤부

네 꿈과 행복은 10대에 결정된다

터 귀에 들어왔던 것 같습니다. 그때부터 죽어도 하기 싫던 공부가 꼭 해야만 하는 하나의 과정으로 인식되기 시작했습니다. 물론 대학에 간다고 행복과 성공이 보장되는 것도 아니고, 제 인생이 완전히 달라지는 것도 아니겠지만요. 아무튼 그때부터 저는 빨리 대학이라는 곳에 가서 자유롭게 살면서 연애도 하고, MT도 다니고 싶었습니다. 그런데 그런 유치한 이유들이 공부에 대한 동기부여가 되어주었습니다. 이유야 어찌 되었건 결과는 '공부에 집중하기'라는 아주 바람직한 방향으로 흘러갔습니다. 아빠의 작전은 대성공이었습니다.

그러나 막상 대학에 가겠다고 마음을 먹긴 했지만 공부는 생각만큼 쉽지 않았습니다. 슬럼프에 빠져 허우적댈 때면 오밤중에도 저는 버스를 타고 입학하고 싶은 대학의 캠퍼스를 찾았습니다. 어둠이 깔린 대학 캠퍼스를 산책하면서 불 켜진 도서관 주변을 서성거렸습니다. 그러면서 저는 아빠가 메일로 알려주신 대로 그 학교 학생이 되어 도서관에서 공부하는 모습을 상상했습니다. 아빠가 알려주신 '이미지 트레이닝' 방법은 대학 입시뿐만 아니라 취업 준비를 할 때도 큰 도움이 되었습니다. 입사 전에 저는 지금 다니는 회사 주변을 서성거리면서 이 회사를 다니고 있는 저의 모습을 상상했습니다. 어떻게 해야 이 회사에 입사할 수 있을지 방법을 생각해보면서, 지나가던 사원들을 붙잡고 입사 비결을 묻기도 했습니다.

지금까지 아빠는 제게 헤아릴 수 없이 많은 이메일을 보내주셨습니다. 아마 아빠로부터 저만큼 많은 이메일을 받아 본 사람은 없을 것입니다. 지금에서야 고백하지만, 사실 아빠가 '목표설정'이나 '시간관리의 중요성', '공부 방법' 등에 대한 이메일을 보내주실 때, 솔직히 처음에는 이메일을 열어보는 것도 짜증이 났고 내용은 거들떠보기도 싫었습니다. 하지만 제가 답장을 보내든 안 보내든 계속되는 아빠의 이메일을 받으면서 저도 모르게 서서히 마음의 문이 열리기 시작했습니다.

문득 대학을 졸업한 후 취업에 여러 번 실패하고 용돈이 떨어진 어느 날 아빠와 주고받은 메일이 떠오릅니다. 대학을 졸업하고도 제 몫을 오롯이 해내지 못하고 있다는 자괴감과 죄송한 마음을 담아, 하루빨리 취업을 해서 용돈을 요청하는 이런 이메일을 더 이상 보내지 않겠다는 제 메일에 아빠는 이런 답장을 보내주셨습니다.

아들아, 빨리 취업해서 이런 부탁을 하지 않겠다는 네 생각은 고맙지만 아빠에게 이런 부탁을 하지 않기 위해 아무 데나 서둘러 취업을 해서는 안 된다. 네가 하고 싶은 일, 너의 잠재력을 키울 수 있는 일이 무엇인지 잘 생각해보고 단지 봉급을 받는 직職이 아니라 놀이처럼 평생 즐길 수 있는 업業을 찾아봐라. '제대로 된 업'을 찾게 되면 어떤 상황에서건 '직'에서 자유로울 수 있다. 전에도 얘기했지만 아빠는 네가 자립할 때까지 최선을 다해 도와 줄 것이다. (…) 건강과 공부를 위한 거라면 뭐든 요청해도 된다. 천천히, 서두르지 말고, 네가 좋아할 수 있는 일을 하면서 점점 더 좋아질 수 있는 일, 그리하여 평생 놀이처럼 즐길 수 있는 일을 찾아봐라. 초조해하지 마라. 아빠는 네가 그 일을 찾을 때까지 끝까지 기다리면서 도와줄 것이다. 돈을 벌지 못한다고 절대로 안절부절못하면서 불안해하지 마라.

　저처럼 아빠로부터 이런 메일을 받을 수 있는 사람은 세상에 별로 없을 것입니다. 아빠가 보내주신 메일 덕택에 저는 여유를 갖고 차근차근 준비하여 제가 오랫동안 원하던 회사에 취업할 수 있었습니다.

　아빠, 예전이나 지금이나 항상 저를 믿고 기다려주셔서 감사합니다. 이미 늦었다고 포기하려할 때 '새로 시작하기에 너무 늦을 때란 없다'면서 끊임없이 격려해주시지 않았다면, 방황하던 10대의 저를 아빠가 포기하셨다면, 그리하여 제가 방황을 멈추지 못 했다면, 제가 지금 어디서 무엇을 하고 있을지 생각만 해도 아찔합니다. 오랫동안 마음을 잡지 못하고 헤매던 저를 인내심을 갖고 설득해주신 아빠가 안 계셨더라면 지금의 저는 아마 없었겠지요.

　돌이켜보면 저에게 아빠 같은 아빠가 있어서 정말 다행이었습니다. 친구 같은 아빠가 무척 자랑스럽습니다. 어린 시절 아빠와 친구처럼 지내며 소중한 추억을 많이 쌓았던 것처럼, 저도 좋은 아빠가 되어 제 아이에게 소중한 추억을 많이 만들어주고 싶습니다. 아빠가 인내심과 애정을 갖고 제게 해주신 모든 말씀과 행동들, 저도 아빠처럼 제 아들에게 꼭 해주고 싶습니다. 아빠, 아빠가 제 아빠라는 것이 너무나 감사합니다. 그리고 사랑합니다.

2014년 봄

아빠를 좋아하고 사랑하는 아들 올림

1부

관점을 바꾸면
세상이 즐겁다

아들아,

오늘부터라도 어제와 다른 생각으로 아침을 시작하고

어제와 다른 마음가짐으로 잠자리에 들어보자.

매일매일이 새롭게 느껴질 것이다.

그리고 어느 날 문득

예전과는 완전히 다른 사람이 되어 있는

자신을 발견하게 될 것이다.

어른들은 몰라요
아이들도 몰라요

"생의 마지막 순간에 간절히 원하게 될 것, 그것을 지금 하라."
- 엘리자베스 퀴블러 로스Elisabeth Kubler-Ross

아이들은 부모와 함께 있을 때 가장 즐거워한다. 그런데 사춘기가 되면서 부모와 대화가 단절되고 아버지와 함께 있는 것을 부담스러워하는 아이들이 늘어난다. 10대 청소년들이 가장 가까운 관계인 부모로부터 점점 멀어져가는 이유는 무엇일까?

첫째, 커가면서 부모보다 친구의 비중이 점점 더 커지기 때문이다. 성장기 아이들은 평등한 관계로 생각을 공유할 수 있는 친구와 함께할 때가 훨씬 즐겁다. 수직적인 관계에서 지시나 명령을 하는 부모와는 생각을 공유하기 어렵기 때문이다. 그래서 아이들은 부모보다 친구가 더 편하고 좋다고 생각하고 부모와는 점점 더 거리를 두게 된다.

둘째, 부모와 10대 자녀는 관점이 다르기 때문이다. 부모들은 대개

"…해야 한다"의 관점에서 아이들에게 지시를 내리는 반면, 자녀들은 "…하고 싶다"의 관점에서 말하고 행동한다. 예를 들어 부모들은 아이들에게 "너는 공부를 열심히 해야 한다"고 말하지만 아이들은 "나는 놀고 싶어"라고 생각하면서 반발한다.

"우리가 무엇을 좋아하는지 어른들은 몰라요. 우리가 무엇을 갖고 싶어 하는지 어른들은 몰라요." 오래전에 유행했던 '어른들은 몰라요'라는 노래의 가사처럼 아이들은 부모들이 자신들을 모른다고 생각한다. 부모들은 필요성에 근거해서 요구하고, 자녀들은 욕구에 의해서 행동한다. 그러므로 10대들이 자신의 부모와 대화가 통하지 않는다고 불평하는 것은 지극히 정상적인 현상이다.

입장 바꿔
생각해보면

"너무 권위적이다."
"일방적이고 자녀의 입장을 배려하지 않는다."
"장점은 안 보고, 단점만 지적한다."

10대들이 부모에게 갖고 있는 불만들이다. 그러나 똑같은 이유로 부모도 자녀들에 대해 서운함을 느낄 수 있다.

나도 한때는 아버지에게 불만이 많았다. 아버지의 장점보다는 단점이 눈에 더 많이 띄었다. 그러나 부모 역시 나와 똑같이 완전하지 못한 사람이며, 자녀들로부터 이해받고 싶어 한다는 사실을 깨달은 다음부터는 마음이 편안해지고 오히려 죄송스럽기까지 했다.

그랬던 내가 아이러니하게도 지금은 누구보다 아들과 딸로부터 칭찬과 이해를 받고 싶다. 시간이 많이 흐른 다음에야 내 부모님도 그러셨을 거라는 생각을 하게 되었다. 안타까운 일 중 하나는 많은 사람들이 자기의 입장만을 생각하기 때문에 누구보다도 가까워야 할 가족끼리 갈등을 겪고 나이가 들수록 점점 더 멀어져버린다는 사실이다.

부모들이 자신의 잘못을 알아차리고 자녀들의 입장을 이해하려고 조금만 더 노력한다면 자녀와의 사이가 한결 좋아질 것이다. 마찬가지로 자녀들 역시 부모에 대한 생각을 조금만 바꾼다면 부모의 태도도 달라질 것이다. 생각을 바꾸는 것은 쉬운 일이 아니다. 하지만 약간만 다른 각도에서 바라보면 얼마든지 더 나은 상황을 만들 수 있다.

당연하게
여기지 말자

부모에 대한 생각을 바꿀 수 있는 가장 간단한 방법은 그동안 당연하게 여겼던 일들 중에서 감사할 일을 찾아보는 것이다. 부모가 아직 내 곁에 있다는 것, 그들이 먹여주고 입혀주는 일, 아플 때 걱정해주는 일 등등. 찾아보면 이루 헤아릴 수 없이 많은데 그동안 너무 당연하게 여기지는 않았는가? 부모가 우리에게 해준 점을 찾아서 고

맑게 생각한다면 스트레스도 적게 받고 삶이 보다 즐거워질 것이다. 또 부모에게 감사하는 마음을 갖게 되면 부모 역시 우리의 좋은 점을 더 많이 찾게 될 것이다. 벤저민 프랭클린은 이렇게 말했다. "사랑받고 싶다면 사랑하라. 그리고 사랑스러운 사람이 되어라." 사랑을 하면 사랑을 받게 되고 감사를 하면 감사할 일이 더 많이 생기는 것처럼 주는 대로 받는 것을 심리학에서는 '상호성의 원리Reciprocity Principle'라고 한다. 결국 우리가 하는 감사의 최대 수혜자는 우리 자신이다.

오래전 중·고등학생들을 대상으로 부모로부터 듣고 싶은 말과 듣기 싫은 말을 조사한 적이 있었다. 남녀와 학년을 불문하고, 학생들이 가장 듣고 싶은 말은 "잘했다"라는 칭찬이었다. 그럼 부모들이 자녀들로부터 듣고 싶은 말은 무엇일까? 아마도 그 또한 칭찬일 것이다.

나는 여덟 살 때 칭찬을 들으면 기분이 좋았다. 열여덟 살 때도 칭찬을 받으면 흐뭇했다. 오십이 넘어서도 칭찬을 받으면 행복했다. 그 누구보다도 내 아들과 딸의 칭찬은 가장 막강한 위력을 발휘한다.

사람은 아무리 나이를 먹어도 칭찬을 받으면 기분이 좋아진다. 존중받고 대접받고 싶은 것은 인간의 원초적인 본능이기 때문이다. 아마 당신도 그럴 것이다. 그러면서도 혹시 당신은 부모의 존재 가치를 인정하고, 그들에게 칭찬이나 격려를 해드리는 것을 잊고 사는 것은 아닌지 모르겠다.

"부모가 우리를 위해 해주는 일은 당연하다."

"부모는 강하니까 격려나 위로가 필요 없다."

"부모에게 고맙다고 말하는 것이 어색하고 쑥스럽다."

이상은 많은 사람들이 부모에 대해 가지고 있는 잘못된 생각이다. "무엇이든지 남에게 대접받고자 하는 대로 너희도 남을 대접하라." 〈마태복음〉 7장 12절의 내용이다. 남을 대할 때는 성경구절처럼 살려고 하면서도, 이상하게 자기 식구들을 대할 때는 그렇지 못한 경우가 많다. 성경에 '식구들은 제외하고'라는 문구는 없다. 그러니 부모에게도 대접받고 싶은 대로 좋은 마음을 전달해보자.

까치라고요, 까치!
까치도 모르세요?

부모의 사랑은 자식이 생각하는 것보다 늘 크다. 그런데도 우리는 부모에게 받아왔던 것은 당연하게 여기면서 부모가 조금만 우리를 짜증나게 해도 참지 못할 때가 많다. 다음은 이미 고인이 된 황수관 박사가 모 방송 프로그램에서 했던 이야기다. '아버지와 까치'라는 이야기의 요지는 대충 이렇다.

어느 날 아침, 치매 증상이 있는 늙은 아버지가 마루에 앉아 있다가 아들에게 물었다. "애야, 저기 나뭇가지에 있는 게 뭐냐?" "까치예요." "응, 그래." 얼마 있다 아버지가 다시 물었다. "애야, 저기 나뭇가지에 있는 게 뭐지?" 그러자 아들은 퉁명스럽게 대답했다. "까치라니까요!"

그러고 나서 얼마 지나지 않아 아버지가 또 물었다. "애야, 저기 나뭇

가지에 뭐가 앉아 있지?" 그러자 아들은 버럭 화를 내며 "아이 참, 몇 번이나 말해야 알아들으시겠어요! 내 참, 까치라고요. 까치!" 아버지는 풀이 죽어 이렇게 말했다. "맞아, 까치라고 했었지."

얼마 후 아버지의 치매 증상은 점점 더 심해져 아들은 아버지를 요양원에 모실 수밖에 없었다. 그리고 아버지의 방을 치우던 중 오래전 아버지가 쓰신 일기장을 보게 되었다.

오늘 아들 녀석이 마루에서 놀다가 감나무에 앉아 있는 까치를 보고 내게 물었다. "아빠, 저게 뭐야?" "응, 까치라는 새란다." "까치!" 조금 있다 또 물었다 "아빠 근데 저게 뭐야?" "까치라는 새란다." 이제 막 말을 배운 아들 녀석은 그 후로도 23번이나 내게 똑같은 질문을 했다. 아들 녀석이 그렇게 똑같은 말을 반복하는 게 너무너무 귀엽고 신기하다. 그 녀석, 생각만 해도 기분이 좋다.

때론 마지막일지도
모른다고 생각하자

갓난아기였던 당신은 이제 10대가 되었다. 한때 10대였던 당신의 부모는 지금 40대가 되었다. 언젠가 40대였던 할아버지는 이제 이 세상에 안 계신다. 모든 것은 언젠가 우리 곁을 떠난다. 아이들은

네 꿈과 행복은 10대에 결정된다

곧 성장하며, 우린 젊지만 곧 늙는다. 모든 과정은 지나간다.

감사한 마음을 유지하고, 불쾌한 감정에서 해방될 수 있는 가장 효과적인 방법은 '모든 것은 결국 지나간다'는 사실을 떠올리는 것이다. 사실 우리 모두는 시한부 인생이며 언젠가는 다시 만날 수 없게 된다. 붙박이처럼 늘 그곳에 있던 가족은, 어느 순간 더 이상 이 세상에 존재하지 않게 된다. 대부분 가족들은 그렇게 헤어진다. 부모님 때문에 심하게 화가 났을 때 어쩌면 오늘 밤이 지나면 다시는 만날 수 없을지도 모른다고 생각해보자. 이 순간이 부모와 함께하는 마지막 시간일 수도 있다고 생각하면 평소에는 당연하게 생각했던 많은 일들이 특별하게 느껴진다. 또 평소 같으면 짜증이 나고 화가 날 일도 별 일 아닌 것처럼 느껴질 것이다.

공부 좀 한다고 이유 없이 엄마에게 유세 부리며 짜증을 낼 때가 얼마나 많았던가? 또 잔소리를 한다고 뒤돌아서 투덜거리지는 않았는가? 부모에게 받는 것은 당연하다고 생각하면서 조금이라도 힘들면 신경질을 부렸던 적은 얼마나 많은가?

대부분의 남자들이 그러하듯이 나는 초등학교 이후 어머니를 껴안아본 적이 없었다. 손을 잡아본 적도 없었다. 그리고 30여 년이 지난 어느 날부터 어머니의 어깨와 다리를 주물러드리기 시작했다. 어느 날 불쑥, 어쩌면 오늘이 마지막일지도 모른다는 생각이 들었기 때문이다. 80이 다 되어 뼈가 만져지는 어머니지금은 돌아가셨지만의 손을 만지고, 어깨를 주무르면서 죄송하고도 안쓰러웠지만 마음이 따뜻하고 편안해졌다. 자칫했다면 영원히 그 소중한 기회를 놓칠 뻔했으니…

생각만 해도 아찔한 일이다.

많은 사람들은 나중에 부모에게 잘할 수 있을 것이라고 생각한다. 내일 친절하게 대할 것이라고 생각하며, 오늘 할 수 있는 친절한 말 한 마디를 뒤로 미룬다. "사랑한다"고 부모에게 말하면 집안의 분위기가 어떻게 바뀔지를 생각해보면서 더 늦기 전에 사랑한다고 말해보자. 말로 하기가 어려운가? 그렇다면 문자나 카톡 또는 이메일도 좋다. "사랑한다"고 말하면, 말하는 사람 본인에게도 이득이 있다. 곧바로 기분이 좋아진다는 점이다.

우리는 작은 행동으로 부모님의 기분을 얼마든지 바꿀 수 있다. 다음과 같은 일들을 행동으로 옮겨보자.

- 친구 얘기를 들을 때처럼 부모님 말씀을 진지하게 경청해드린다.
- "아빠, 힘내세요!"라는 제목으로 아빠에게 힘이 될 수 있는 이메일을 보낸다.
- 맛있는 것을 사 와 "엄마가 생각나서 샀어요"라고 말한다.
- 부모와 다투었을 때는 잘못했다고 먼저 사과한다.
- 아침 일찍 일어나 엄마나 아빠의 구두를 닦아놓는다.
- 부모님께 도움이 필요하다면서 개인적인 고민을 털어놓는다.
- 늘 들어온 부모님의 잔소리에 웃으며 '알았다'고 반응한다.

어른들은 몰라요, 아이들도 몰라요

중고등학생들이 부모로부터 가장 듣고 싶은 말은 무엇일까요?

'칭찬'과 '격려'입니다. 부모들도 마찬가지입니다. 칭찬은 여덟 살 때 들어도, 열여덟 살 때 들어도, 육십 살이 넘어서 들어도 항상 기분 좋고 흐뭇하고 행복한 말입니다.

특히 부모들은 그 누구보다 자식들로부터 칭찬을 받을 때 가장 행복합니다. 겉으로 표현하지 않더라도 당신의 부모님도 당신의 칭찬과 격려를 기다리고 있답니다.

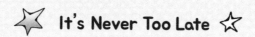 It's Never Too Late ☆

세상에서 제일 듣기
싫은 말, 공부

성공의 비결은 남들이 잘 때 공부하고,
남들이 빈둥거릴 때 일하며, 남들이 놀 때 준비하고,
남들이 그저 바라기만 할 때 꿈을 갖는 것이다.

- 윌리엄 A. 워드William A. Ward

철들기 전부터 어른들로부터 귀에 못이 박힐 정도로 많이 들어온 말을 하나만 꼽으라면? 그리고 가장 듣기 싫은 말을 대라면? 10대 청소년 대다수는 '공부'라고 말할 것이다.

미국 매사추세츠 주의 한 고등학교에서 98세의 할머니가 1998년 6월 14일 자신보다 80년 연하인 동급생들의 박수를 받으며 휠체어에 앉아 졸업장을 받았다. 이 할머니는 아홉 살 때인 1909년 11명의 동생들을 뒷바라지하기 위해 초등학교 3학년 때 학교를 중퇴했다. 그 뒤 일평생을 고되게 살아온 할머니는 2년 전 요양원 직원에게 고등학교 공부를 할 수 있게 도와달라고 요청했다.

요양원 측은 즉시 현지 노세트고등학교 교장에게 도움을 요청했고

학교 측은 할머니를 가르칠 자원 봉사 학생들을 모집했다. 그 뒤 1년 반 동안 할머니는 요양원을 찾아오는 어린 학생들로부터 하루 1시간씩 과학, 수학, 역사, 문학 등을 개인 지도 받은 끝에 98세의 나이로 고등학교를 졸업했다. 백발의 할머니는 졸업장을 받고 평생 소원을 풀었다며 기뻐했다.

다시 어린 시절로 되돌아간다면…

1997년 모 일간지에서 성인들을 대상으로 중·고등학교 시절로 되돌아간다면 무엇을 제일 하고 싶은지를 조사하여 그 결과를 보도한 적이 있었다. 놀랍게도 학창 시절에는 그토록 지겨워했던 "공부를 하고 싶다"가 1위66.9%를 차지했다. 10년 후인 2007년의 성인 남녀 1307명을 대상으로 조사한 결과에서도 '과거로 되돌아가 다시 하고 싶은 일'의 1위51.6%를 차지한 것은 역시 '공부'였다. 이런 결과는 앞으로도 마찬가지일 것이다.

학교에 다닐 수 없었던 사람들은 왜 그렇게 늙어서까지 공부에 대한 미련을 버리지 못할까? 학교 다닐 때는 그토록 지겹던 '공부'가 어른이 된 다음에는 왜 다시 해보고 싶은 일 중 첫 번째가 되는 것일까? 나이가 많이 들어서야 어렸을 때 고통을 감수하면서 열심히 공부하지 않으면 어른이 되어 힘겨운 삶을 살게 된다는 '고통총량균등의 법칙'을 깨닫게 되기 때문이다. 아쉬운 건 삶의 많은 통찰들이 이처럼 시간이 지난 다음에야 터득된다는 것이다. 이런 통찰들을 조금만 더 미리 알 수 있다면 우리는 훨씬 덜 후회하는 삶을 살 수 있을 것이다.

지금 무슨 일을
하고 있어요?

무일푼으로 미국에 건너와 백만장자가 된 앤드루 우드Andrew wood는 일에 대한 태도가 인생의 성패를 좌우한다고 강조하면서 다음과 같은 이야기를 소개하고 있다.

샌프란시스코 근방에 사는 한 소년이 금문교 공사장에서 거대한 쇠기둥을 용접하고 있는 세 사람에게 다가갔다. 첫 번째 용접공에게 "지금 무엇을 하고 계세요?"라고 묻자 그는 퉁명스러운 목소리로 "보면 모르나! 먹고살기 위해 이 짓을 하고 있다"라고 대답했다.

두 번째 용접공에게 다가가 같은 질문을 던졌다. 그는 앞사람보다 목소리는 부드러웠지만 여전히 귀찮다는 표정으로 "쇳조각을 용접하는 중이잖니?"라고 대답했다.

세 번째 용접공은 여러 가지로 달랐다. 소년의 질문을 받은 용접공은 일하다가 말고 고개를 들더니 환한 미소를 지으며 말했다. "세계에서 가장 멋진 다리를 만들고 있단다."

위의 세 사람은 같은 직업을 갖고 있고, 같은 환경 속에서 같은 임금을 받으며 일하고 있다. 그러나 세 사람이 보여준 일에 대한 자세는 완전히 다르다. 누가 가장 행복하고, 어떤 사람이 가장 성공할 가능성이 높다고 생각되는가? 말할 것도 없이 세 번째 사람을 꼽을 것이다.

그 세 사람이 보여준 일에 대한 태도는 왜 그리도 다를까? 무엇보다도 자기가 하는 일에 대한 관점이 다르기 때문이다. 당신이 공부를 하고 있을 때 누군가가 "지금 무엇을 하고 있니?"라고 묻는다면 어떤 표정으로 어떤 말을 하겠는가?

공부에 대한
잘못된 고정관념 5가지

하버드대학의 도서관에는 다음과 같은 글이 있다. "공부가 인생의 전부는 아니다. 그러나 인생의 전부도 아닌 공부 하나도 정복하지 못한다면 과연 무슨 일을 할 수 있겠는가?" 공부는 사실 우리에게 꼭 필요한 일이고 해야 할 일이다. 그러나 우리는 잘못된 고정관념으로 공부를 대하는 바람에 공부를 혐오하면서 힘든 시간을 보낸다. 이처럼 학창 시절의 본업인 공부를 멀리하는 학생들이 갖고 있는 보편적인 고정관념들이 몇 가지 있다.

재미가 없고, 괴로움의 근원이다 ● 많은 학생들이 공부를 벗어나야 할 족쇄라고 생각하면서 괴로워한다. 그러나 배움은 괴로움의 근원이 아니라 호기심을 충족시키고 즐거움을 주는 원천이다.

공부하지 않고 성공할 수 있는 일은 많다 ● 운동이나 장사는 공부하지 않아도 할 수 있다고 생각하는 사람들이 많다. 하지만 성공하려면 그 분야에 대해 누구보다 열심히 공부해야 한다.

사회생활에 별로 쓸모가 없다 ● 그렇다. 우리가 학교에서 배운 삼각함수나 원소기호를 사회에서 쓸 일은 거의 없다. 하지만 그것을 공부하면서 익힌 태도와 문제해결 방법은 무슨 일을 하건 평생 영향을 미친다.

공부에는 특별한 기술이 필요 없다 ● "공부에는 왕도가 없다"고 생각하는 학생들이 많다. 하지만 세상의 모든 일에 원리가 있고 효과적인 방법이 있듯이 공부에도 효과적인 기술이 있다.

공부는 이를 악물고 해야 한다 ● 공부는 이를 악물고 해야 한다고 믿는 사람들이 많다. 그러나 이왕 할 공부, 혼자 공부할 때도 반쯤 미소를 지어보라. 공부가 점점 재미있어질 것이다. 표정의 변화가 감정을 변화시키기 때문인데, 이를 '안면피드백 이론Facial Feedback Theory'이라고 한다.

다른 결과를 얻고 싶다면
다른 방법으로 시도해야 한다

행복한 사람들과 성공한 사람들은 불행한 사람들이나 실패한 사람들과는 다른 관점에서 세상을 바라보고, 다른 방식으로 행동한다. '다르게 살아간다'는 것은 자신과 세상을 다루는 프로그램이 다르다는 것을 의미한다. 삶이 만족스럽지 않다면 삶의 프로그램을 바꾸어야 한다. 지금까지 하던 대로만 한다면 지금까지 얻었던 것만을 얻을 뿐이다. 같은 방법을 반복하면서 다른 결과를 얻을 수는 없다. 그러므로 이전과 다른 결과를 얻고 싶다면, 이전과 다른 방법으로 시도해야 한다.

위대한 일들은 모두 사소한 것에 대한 남다른 태도에서 출발했다. 조금만 태도를 바꾸면 지긋지긋한 일도 빨리 하고 싶어 안달이 날 정도로 기다려지는 일로 변모한다. 그러려면 지금까지의 부정적인 태도, 수동적인 자세와 고정관념에서 벗어나야 한다. 그런 다음에는 대안을 모색하면서 더 좋은 방법과 기술을 발견할 때까지 실험을 계속해야 한다. 그러면 우리가 그토록 듣기 싫어했던 말 "공부 좀 해라"는 하고 싶어 안달이 나는 "공부하자"로 바뀔 것이다.

세상에서 제일 듣기 싫은 말, 공부

공부! 가장 듣기 싫은 말 중 하나죠? 하지만 어른들에게 어린 시절로 돌아

가면 가장 하고 싶은 것이 무엇인지를 조사해보면 1위가 '공부'라고 합니다.

학교 다닐 때는 그토록 지겨웠던 공부가 왜 어른이 되면 제대로 해보고 싶어지는

것일까요? 어린 시절 고통을 감수하며 열심히 공부하지 않으면 나중에 힘들어진다

는 '고통총량균등의 법칙'을 어른이 되고 난 후에야 깨닫기 때문입니다.

시간이 많이 지난 다음 깨닫게 될 삶의 중요한 통찰들을 조금만 더 미리 깨닫는

다면 우리는 훨씬 더 행복하고 성공적인 삶을 살 수 있습니다.

 It's Never Too Late ☆

세 살 버릇
여든에도 고친다

습관은 스스로 만든 것이다.
따라서 버리는 것도 스스로 할 수 있는 일이다.
- 조지 웨인버그George Weinberg

"세 살 버릇, 여든까지 간다"는 속담은 어렸을 때 한번 형성된 버릇은 늙어서까지 고칠 수 없다는 말이다. 습관이란 한마디로 말하면 계속적으로 반복하게 되는 행동이다.

삶에 만족하지 못하고 상담을 받으러 오는 사람들 중에는 이렇게 하소연하는 사람들이 많다. "제가 왜 이렇게 됐는지 모르겠어요." 그리고 주변 사람들보다 못한 삶을 살고 있다고 생각하는 사람들 중에는 이렇게 투덜거리는 사람들이 많다. "저 사람들은 참 운도 좋지."

인생이 원하는 대로 돌아가지 않는다면 무엇보다 먼저 자신을 돌아봐야 한다. 모든 결과에는 원인이 있다. 행복하게 사는 사람은 행복할 만한 이유가 있고, 불행한 삶을 사는 사람들 역시 그럴 만한 이유가 있다. 그리고 그 핵심은 습관이다. 습관을 바꾸기 위해 제일 먼저 할 일은 자신의 습관이 존재하는 이유를 깨닫고 이해하는 것이다.

습관에 미련을 버리지 못하는 이유들

1학년 때 항상 일찍 등교했던 학생은 2학년이 되어도 일찍 등교한다. 친구와 말할 때 손톱을 깨물면 수업 중에도 깨물게 된다. 국어 시간에 다리를 떤다면 과학 시간에도 다리를 떨 게 분명하다. 생산적이든 비생산적이든 모든 습관에는 나름대로 존재의 이유가 있다.

복잡한 세상에 지름길을 만들어준다 ● 나쁜 습관도 있고 좋은 습관도 있다. 습관의 효과가 무엇이든 그것이 갖고 있는 첫 번째 매력은 그것이 복잡한 세상을 살아가는 데 지름길을 마련해준다는 사실이다. 매일 아침 다른 방식으로 세수를 한다면 괴로울 것이다. 우리가 신경을 써야 할 것은 너무나 많으며 우리에게 주어진 에너지와 시간은 한정되어 있기 때문이다.

긍정적인 평가를 받을 수 있다! ● 어느 문화권에서나 수시로 마음과 행동을 바꾸는 사람에게는 '변덕쟁이', '줏대 없는 사람', '이중인격자' 같은 낙인이 찍힌다. 심하면 사이코정신병자 취급을 받을 수도 있다.

반면에 일관성을 유지하면 일반적으로 '초지일관한다', '심지가 굳다', '확실하다'는 식으로 긍정적인 평가를 받는다.

자존심을 보호할 수 있다 ● 평소 열심히 필기하는 학생과 필기하지 않는 학생이 있다고 치자. 그런데 기말고사에서 엉망인 성적을 받았다. 어떤 경우에 더 자존심이 상할까? 말할 것도 없이 전자의 경우이다. 왜? 필기를 하지 않고 나쁜 성적을 받으면 필기를 하지 않은 것을 핑계로 댈 수 있다. 하지만 심혈을 기울여 필기를 했는데도 나쁜 성적을 받게 되면 머리가 나쁘다는 데서 그 이유를 찾아야 하기 때문이다. 이처럼 자존심을 보호하기 위해 스스로 변명거리를 만들어내는 것을 심리학에서는 '자기불구화 전략Self-handicapping Strategy'이라고 한다.

잘못된 습관을 바꾸려면…

운동을 하겠다고 다짐한 사람은 많지만 그것을 실천하는 사람은 드물다. 건강에는 운동이 최고라고 말하면서도 운동보다는 보약을 찾는 이유는 변화가 희생을 요구하기 때문이다. 아침 일찍 일어나 영어단어를 외우겠다는 학생들은 많지만 실제로 행하는 학생은 적다. 일찍 일어나려면 꿀잠을 포기하는 고통을 감수해야 하기 때문이다. 우리는 자신과 싸우고 싶지 않고 변화에 따르는 고통을 감수하고 싶지 않기 때문에 잘못된 습관에 관대하다. 그래서 습관은 바꾸기가 어렵다. 나쁜 습관은 제거되지 않는다. 좋은 습관으로 대체될 뿐이다. 다음과 같은 방법으로 "세 살 버릇, 여든까지 간다"는 말을 "세 살 버릇 여든에도 고친다"로 바꿔보자.

자기만의 습관 리스트를 작성하자 ● 사람을 대할 때나 공부할 때 자신이 가지고 있는 습관 리스트를 작성해보자. 삶에 도움이 되는 좋은 습관To Do을 먼저 찾아보자. 그리고 해가 되는 습관Not To Do을 찾아보자. 그런 다음 지금부터 해야 할 일의 목록To Do List과 하지 말아야 할 일의 목록Not Do List을 만들어보자.

얻을 수 있는 이득을 찾아본다 ● 아무런 이유 없이 지속되는 습관이란 없다. 습관에는 반드시 나름대로 존재의 이유가 있으며 무엇인가 습관의 소유자에게 이득이 되기 때문에 유지된다. 변화를 시도하기 위해 가장 먼저 할 일은 문제가 되는 습관이 내포하고 있는 이득, 긍정적 의미를 찾아보는 것이다.

습관의 부작용을 찾아본다 ● 모든 습관에는 그것이 유지될 만한 이유가 있는 것처럼 부작용도 있다. 각각의 습관에 대한 이득과 부작용, 그리고 그것의 단기적 효과와 장기적 효과를 분석하라. 그런 다음 고쳐야 될 습관인생 목표에 부합되는 방향으로을 선택하라.

날마다 한 가지씩 시도한다 ● 몸에 밴 습관을 모두 한꺼번에 바꾸는 것은 어렵다. 처음에는 사소한 것부터 하나씩 바꿔보자. 날마다 익숙해진 일상에서 벗어나는 시도를 한 가지씩 해보자. 손을 바꿔 칫솔질을 해보는 것도 좋고 통학코스를 바꿔보는 것도 좋다. 사소한 습관을 바꿀 수 있어야 심각한 습관도 바꿀 수 있다. 한 달에 하루 정도 실험의 날을 정해 그 하루를 다른 방식으로 살아보자.

변화된 자기 모습을 상상한다 ● 그것이 공부 습관이든 늑장 부리기든 상관없이 해로운 습관에서 벗어나 새로운 모습으로 살았을 때 달라진 자신의 모습을 상상하라. 그것도 가능한 한 생생하게. 목표가 무엇이든 그것이 확실하게 달성되어 스스로가 만족하는 모습을 생생하게 그리게 되면 변화하고자 하는 열망이 샘솟게 된다.

변화에 따른 고통을 감수한다 ● 잘못된 습관에 관대한 이유는 자신과 싸우고 싶지 않기 때문이다. 변화에 따르는 고통을 감수하고 싶지 않기 때문이다. 반드시 바꾸고 싶은 습관을 찾아보고 변화를 위해 감수해야 할 고통을 기꺼이 받아들이자.

세 살 버릇, 여든에도 고친다

인생이 원하는 대로 돌아가지 않는다면 무엇보다 먼저 자신을 돌아봐야 합니다.

모든 결과에는 원인이 있습니다. 행복한 삶을 사는 사람들은 행복할 만한 이유가 있고, 불행한 삶을 사는 사람들 역시 그럴 만한 이유가 있습니다.

그 핵심은 습관입니다. 원하는 인생을 살기 위해서 가장 먼저 해야 할 일은 자신의 삶을 결정하는 습관이 무엇인지 파악하고 나쁜 습관을 아직까지 버리지 못하는 이유를 깨닫는 것입니다. 그리고 변화를 시도해야 합니다. 늘 하던 것만 하면 늘 얻던 것만 얻기 때문입니다.

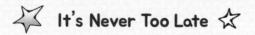

행복은 성적순이
아니다?

"빌 게이츠는 고등학교도 나오지 않았는데 MS사의 회장이 되었고 40대에 벌써 세계 최고의 갑부가 됐어요'라고 말하는 학생들이 많습니다. 당신의 성공담이 많은 학생들에게 공부를 게을리해도 된다는 핑곗거리가 되고 있어요. 아이들에게 어떤 말을 해주는 게 좋겠습니까?"

오하이오 주의 한 고등학교에서 3학년 학생들을 가르치고 있는 캐시 크리드랜드라는 교사가 빌 게이츠에게 보낸 편지 내용의 일부이다. 빌 게이츠가 보낸 답장의 요지는 다음과 같다.

"나는 MS사를 창업하기 위해 대학 졸업장은 포기했지만 하버드대학을 3년 동안이나 다녔으며 내가 알기로는 고등학교를 그만두고 컴퓨터 업계에 진출해서 거물급이 된 사람은 아직 아무도 없다. 그리고 누구든 일생일대의 기회라는 확신이 없는 한 학교 공부를 중단하는 것은 결코 현명하지 못하다."

학교에는 혼자만의 공부로 채울 수 없는 것들이 너무나 많다는 것이 그 이유였다. 즉, 친구들과 어울려 질문을 주고받고 아이디어를 개발해서 의견을 교환하는 것은 결코 혼자서는 할 수 없는 것들이기 때문이다. 그리고 한 우물을 파기 위해 다른 과목은 거들떠보지도 않는 것 역시 큰 실수가 될 수 있다고 하면서 학교생활을 등한시하면 나중에 반드시 후회하게 될 것이라고 충고했다.

학교의 열등생은
사회의 우등생?

라이트 형제, 카네기, 포드, 에디슨, 헤밍웨이, 프랭크 시나트라…

위 인물들의 공통점은 무엇일까? 이들은 우리 모두가 아는 사람들이며 두 가지의 공통점을 가지고 있다. 첫째, 이들은 각자의 분야에서 최고의 업적을 이룬 사람들이다. 둘째, 그렇지만 대학을 졸업하지는 못했다. 뉴턴이나 아인슈타인 역시 우리들의 존경을 받고 있는 위인

이지만 학교 성적은 엉망이었다.

"학교의 우등생은 사회의 열등생"이라는 말이 있다. 또 "행복은 성적순이 아니다"라는 말도 있다. 어떤 분야에서 최고의 업적을 남겼다고 해서 최고의 행복을 누린다고 볼 수는 없다. 왜냐하면 행복이란 극히 주관적인 감정이며 또 직업적 성공이 가정이나 개인적 행복과는 별개의 것일 수 있으니까. 그렇지만 이들의 행적은 성공이 적어도 성적순은 아니라는 생각을 떠올리기에 충분한 근거를 제공해준 것만은 분명하다.

그렇다고 대학을 가지 않거나 공부를 안 해서 성적이 나쁘다는 사실이 행복이나 성공을 보장해줄 수 있을까? 천만의 말씀이다. 그런 생각은 그야말로 오산이며 착각이다. 이 같은 착각은 다음과 같은 잘못된 논리적 추론 과정을 통해 내려진 잘못된 결론에 불과하다.

1. 에디슨과 포드는 대학을 나오지 않았다.
2. 그들은 세계적인 발명가이거나 갑부였다.
3. 그러므로 대학을 가지 않아도 잘살 수 있다.

어떤가? 과연 논리적이라고 할 수 있겠는가? 위의 문장에서 빠질 수 있는 논리적 함정은 다음과 같다. 빌 게이츠나 에디슨 또는 포드 같은 사람은 대학을 나오지 않은 사람 중 극히 일부의 사람들이고, 위대한 업적을 남긴 사람들 중에는 대학을 나온 사람들이 상대적으로 훨씬 많다는 점을 간과한 것이다. 만약 "대학을 가지 않아도 반드시 성공할 수 있다"는 논리가 도출되려면 위의 삼단논법은 다음과 같은 방식으로 고쳐져야 한다. 그리고 첫째 명제가 참이라고 입증되어야 마지막 명제가 참이 된다.

1. 대학을 안 간 모든 사람은 반드시 행복하게 산다.
2. 나는 대학을 가지 않는다.
3. 그러므로 나는 행복하게 살 것이다.

남다른 비전과 집념이야말로 성공의 비결

만약 당신이 "행복은 성적순이 아니다"라는 말을 떠올리면서 공부를 게을리한다면 반드시 자문해봐야 할 세 가지 질문이 있다.

첫째, 나는 천부적인 재능을 타고난 사람인가?
둘째, 그야말로 미친 듯이 탐구하는 것이 있는가?
셋째, 뭔가 특별히 창의적인 아이디어를 가지고 있는가?

만약 위의 세 가지 질문에 대해 하나라도 "아니요"라고 답했다면 앞에서 열거한 위인들의 일화는 당신의 장래에 아무런 도움이 되지 않는다. 왜냐하면 그들은 하나같이 뛰어난 재능을 타고났으며 누가

시키지 않아도 스스로 목표를 설정해 집요하게 그 분야를 공부했기 때문이다. 뿐만 아니라 그들은 모두 보통 사람들과는 다른 비전을 가지고 세상을 바라보고 다가올 미래를 미리부터 꿰뚫어보는 시각을 가지고 있었다. 학교 성적이 최고로 우수해야만 성공해서 행복한 삶을 살 수 있다고 주장하는 것이 아니다. 단지 "행복은 성적순이 아니다"라는 말이나 "학교의 우등생은 사회의 열등생"이라는 말로 자신의 게으름을 정당화해서는 안 된다고 말하고 싶을 뿐이다.

성공하고 행복한 삶을 살고 싶다면 무엇보다 자기가 좋아하는 일을 찾아야 한다. 아직 좋아하는 일을 찾지 못했다고? 그렇다고 너무 실망할 필요는 없다. 지금 하고 있는 일을 좋아하면 된다. 성공의 비결은 좋아하는 일을 하거나 하는 일을 좋아하는 것이다. 그리고 그 일에 대해 끊임없이 공부해야 하며 실험 정신을 갖고 탐구해야 한다.

지금까지 "행복은 성적순이 아니다"라고 말해왔다면, 이 말을 "성적이 나쁘다고 반드시 행복해지는 것은 아니다"로 바꾸기 바란다. 타고난 재능을 이미 찾은 사람이라면 그 재능을 살리기 위해 열심히 노력해야 한다. 그러나 아직 자신만의 재능을 찾지 못했다면 숨은 재능을 찾기 위해 더 열심히 노력해야 한다. 그러기 위해 지금 하고 있는 공부를 열심히 해야 한다.

행복은 성적순이 아니다?

"행복은 성적순이 아니다"나 '학교의 우등생은 사회의 열등생'이라는 말을 떠올리면서 공부를 소홀히 하는 학생들이 많습니다. 공부보다 좋아하는 일을 해야 성공한다고 주장하면서 학업을 게을리하는 학생들도 많습니다. 성공하고 행복한 삶을 살고 싶다면 자기가 좋아하는 일, 잘할 수 있는 일을 찾아야지, 위와 같은 말로 자신의 게으름을 정당화해서는 안 됩니다. 아직 자신만의 재능을 찾지 못했다면 숨은 재능을 찾기 위해서라도 지금 하고 있는 공부를 더 열심히 해야 합니다.

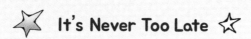
It's Never Too Late

누구보다 자신을
사랑해야 하는 까닭

자기 자신을 소중히 여기지 않으면 어떠한 일도 제대로 할 수 없고,
그 누구도 소중히 여길 수 없다.

- 스펜서 존슨Spencer Johnson

당신은 스스로를 부정적으로 평가하는가, 아니면 긍정적으로
평가하는가? 부정적이라고? 당신만 그런 것은 아니니까 크게 걱정할
필요는 없다. 왜? 대부분의 사람들은 자신에 대해 긍정적인 평가보다
부정적인 평가에 더 익숙하니까. 실험해보고 싶다면 친구에게 "너의
장점은 뭐니?"라고 물어보라. 대개는 "글쎄…" 하면서 말꼬리를 흐릴
것이다. 하지만 "너의 단점은 뭐니?"라고 묻는다면 "키가 작아", "얼굴
도…", "수학도 못해" 등 끝도 없이 줄줄이 늘어놓을 것이다.

사람들은 기분 좋은 일보다 기분 나쁜 일을 더 잘 기억한다. 그리고
자기가 잘할 수 있는 일보다는 할 수 없는 일들을, 좋아하는 것보다
싫어하는 것들을 더 많이 알고 있다. 사물의 긍정적인 측면보다는 부

정적인 측면이 사람들의 주의를 끄는 것을 심리학에서는 '부정성 효과Negativity Effect'라고 한다.

질문을 바꿔보라
답이 달라진다

많은 사람들이 스스로에 대해 부정적인 질문을 던지는 버릇을 갖고 있다. "나는 왜 이리 못났을까?", "왜 남들처럼 잘하지 못할까?" 이러한 부정적인 질문은 누구나 가끔 한다. 따라서 부정적인 질문이 무조건 나쁜 것은 아니다. 그러나 부정적인 질문은 부정적인 답을 찾게 하고 그것이 우리의 감정과 행동을 부정적으로 만들기 때문에 문제가 된다. 당신이 만약 "난 왜 이리 못났을까?"라고 부정적인 질문을 한다면 당신의 영리한 대뇌는 그에 대한 부정적인 답을 찾아낼 것이다. 그리고 부정적인 답은 부정적인 감정을 만들어낸다.

사실을 확인하기 위해 실험을 하나 해보자. 자신에게 "난 왜 이렇게 수학이 하기 싫을까?" 하는 질문을 해보라. 그러면 뇌는 답을 찾아낼 것이다. "수학에 재능이 없어", "적성에 안 맞아" 그러면서 수학에 대한 불쾌한 감정이 떠오르고 결국은 수학 공부를 포기하고 싶을 것이다. 또 이렇게 질문할 수도 있다. "난 왜 이리 인기가 없을까?" 우리의 머리가 찾아낸 답은 아마도 "키가 작잖아", "얼굴이 못생겼잖아" 등이 될 것이다. 그러면서 절망, 좌절, 포기, 자기연민 등의 불쾌한 감정에 빠지게 될 것이다. 그러다 보면 다른 사람들에게 시큰둥하게 대할 것이고, 나중에는 결국 정말 인기가 없는 사람이 될 것이다.

무엇이든지 연습을 많이 하면 잘할 수 있듯이 기분을 망치는 생각들도 열심히 하다 보면 그 방면에 도가 튼다. 자신에게 부정적인 질문을 하면서 자기를 부정적으로 보는 생각을 자꾸 하라. 그러면 투덜거리고 절망하고, 포기하는 데 명수가 될 것이다. 그렇게 되고 싶지 않다면 자신에게 던지는 질문을 바꿔라. 앞에서 든 예와 다르게 우리는 스스로에게 이렇게 질문을 바꿔서 할 수도 있다.

"내가 잘할 수 있는 것은 무엇이지?", "내가 수학을 잘하려면 어떻게 해야 하지?", "다른 사람과 좋은 관계를 맺으려면 어떻게 해야 하지?" 그러면 당신의 영리한 두뇌는 그에 대한 답 또한 찾아낼 것이다. 성공한 사람들은 실패한 사람들과 질문이 다르다. 그들은 "무엇이 문제인가?"라는 질문보다는 "무엇이 가능한가?" 또는 "어떻게 할 수 있는가?"와 같은 질문을 더 좋아한다. 아름다운 질문은 언제나 아름다운 답을 만들어낸다.

자기를 사랑해야 하는 절대적인 이유

당신은 가치 없는 존재가 아니다. 아무리 많은 실수를 저질렀다고 해도, 여태까지 잘했던 일이 별로 없다고 해도 자신을 비난하지 말자. 다른 사람은 당신을 무가치하다고 말할 수 있다. 그러나 스스로가 자신을 무가치하다고 말해서는 안 된다. 왜냐하면 스스로를 가장 사랑하고 격려하며 위로해줄 사람은 바로 자신이며, 자기를 가장 성장시킬 수 있는 사람도 자신이고, 이 세상에서 당신은 단 한 사람뿐이기 때문이다.

영국의 정신분석학자 제임스 하드필드James Hadfield는《힘의 심리학The Psychology of Power》이라는 저서에서 주먹을 쥐는 힘을 측정하는 악력기를 사용해서 긍정적 암시가 얼마나 막강한 위력을 발휘하는지를 실험으로 검증했다. 그는 세 가지의 다른 조건 하에서 실험을 했는데, 첫 번째 조건에서는 아무런 암시를 주지 않은 평소의 상태에서 악력기를 힘껏 쥐게 했다. 평균 악력은 101파운드였다. 두 번째 조건에서는 최면술을 걸어 "당신은 힘이 없다"고 암시를 준 후 악력을 쟀다. 겨우 29파운드에 불과했다. 그리고 세 번째 조건에서는 "당신은 힘이 강하다"는 암시를 준 후 악력을 쟀다. 평균 악력이 무려 142파운드에 달했다. '강하다'는 마음을 먹기만 해도 참여자들의 악력이 무려 50%나 증가한 것이다.

모든 사랑은 '나'로부터 출발한다. 내 마음의 곳간에 사랑이 넘쳐야 밖으로 흘러갈 수 있다. 자긍심을 높이는 방법은 결코 어려운 것이 아니다. 당신 자신에 대한 생각을 조금만 바꾸면 당신의 자긍심은 지금보다 몇 배 더 높아질 수 있다. 위대함도 초라함도 모두 우리의 생각이 만드는 것이다. 다음과 같은 방법을 실천하면 좀 더 쉽게 자긍심을 높일 수 있다.

부정적인 자기 언어를 긍정적으로 바꾼다 ● "난 안 돼", "나는 왜 이 모양일까" 식의 부정적인 언어를 "난 할 수 있어", "내가 어때서?"라는 긍정적인 말로 바꿔보자. 스스로를 침울하게 하는 '자기를 비난하는 말'을 찾아보자. 그리고 그 말들을 긍정적인 말로 바꿔보자.

열등감과 정반대로 행동한다 ● 공부를 못한다면 공부를 잘하는 학생처럼 행동하라. 사교성이 없다면 사교적인 것처럼 행동해보자. 그렇게 하다 보면 공부를 열심히 하게 되고 자신감 넘치는 생활을 하게 되는데, 이를 심리학에서는 'As if 테크닉'이라고 한다.

매일 아침 자신에게 미소 짓는다 ● 나를 가장 행복하게 해줄 수 있는 사람은 바로 나다. 아침에 일어나면 먼저 거울을 보라. 그리고 거울 속의 자신을 보고 미소 지어라. 그리고 인사하라. "안녕, ○○야! 난, 네가 제일 좋아"라고. 스스로를 좋아해야 세상 사람들도 우리 자신을 좋아하게 된다는 사실을 잊지 말자.

잠들기 전에 잘했던 일 세 가지를 떠올린다 ● 그 일이 얼마나 가치가 있고 훌륭한지에 대해 구애받지 말고 뭐든 잘했다고 생각하는 일들을 하루에 세 가지씩 찾아보자. '약속 시간 5분 전에 도착한 것'이나 '부모님께 다정하게 인사한 것' 같은 사소한 것이라도 좋다.

누구보다 자신을 사랑해야 하는 까닭

세상에는 이런저런 이유로 자신을 책망하는 학생들이 많습니다. 세상 사람들이 모두 나를 비난한다 해도 스스로는 절대 자기 자신을 비난하면 안 됩니다. 세상에 대한 사랑은 자기사랑에서 나오고 스스로를 격려하고 성장시킬 사람도 바로 자기 자신이기 때문입니다.

당신이 만약 "난 왜 이리 못났을까?"라고 부정적인 질문을 반복하면 당신의 영리한 뇌는 그에 대한 부정적인 답을 찾아냅니다. 그러나 "내가 잘할 수 있는 것은 무엇이지?"라는 긍정적인 질문을 반복하면 당신의 뇌는 그에 대한 답 또한 찾아냅니다. 질문을 바꾸면 답이 달라집니다. 아름다운 질문은 언제나 아름다운 답을 만들어냅니다.

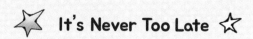

오늘을 다르게 보내면
내일은 다른 사람이 된다

두 사나이가 같은 철창 밖을 내다본다.
한 사나이는 진흙탕을, 다른 사나이는 별을 본다.
- 프레더릭 랭브리지Frederick Langbridge

"아, 일어나기 싫어. 또 지겨운 하루가 시작되는구나." 하루를 이렇게 시작하는 사람이 멋진 하루를 보낼 수는 없다. 하루하루를 긍정적으로 보낼지, 아니면 부정적으로 보낼지는 전적으로 우리의 선택에 달려 있다. 낙관적인 사람은 아침에 가볍게 일어나며 표정 또한 밝다. 왜냐하면 그날 일어날 일을 긍정적으로 기대하기 때문이다. 그러나 비관적인 사람은 잠에서 깰 때 몸이 한없이 무겁고 표정이 어둡다. 하루가 마지못해 해야 하는 일로 가득 차 있다고 부정적으로 예상하기 때문이다.

투덜거려라
그러면 짜증나는 일이 일어날 것이다

눈을 뜨자마자 하루가 지겨울 것이라고 생각해보라. 말할 것도 없이 일어나는 것 자체가 귀찮을 것이다. 미적거리다가 겨우 일어나 화장실로 들어선다. 거울 속에 짜증난 표정을 하고 있는 자신의 모습이 보인다. 학교로 가는 버스나 지하철에는 사람들이 너무 많다. 정말 짜증이 난다. 허겁지겁 학교에 도착해서 아침 조회 시간에 듣게 되는 선생님의 훈계 역시 짜증이 난다. 어떤 과목은 재미가 없고, 어떤 과목은 어렵다. 어떤 과목은 적성에 안 맞고, 어떤 과목은 교사가 마음에 안 든다며 온갖 핑계를 들이대며 툴툴거린다.

그리고 집에 들어오면 학교에 다니는 것이 마치 부모를 위해 온갖 희생을 치르고 돌아온 양, '힘들어 죽겠다'는 표정으로 책가방을 팽개칠 것이다. 잠자리에 들 때 역시 "어휴, 피곤해. 정말로 힘들고 짜증나는 하루였어. 지겹다, 지겨워. 내일도 또 고단한 하루가 되겠지"라고 독백할 것이다. 그것만으로 끝날까? 이런 사람은 잠꼬대를 하면서도 투덜거릴 것이다.

우리 자신과 주변에서 일어나는 일들은 이루 헤아릴 수 없는 장엄함으로 가득하다. 새로운 하루를 숨 쉬면서 맞이할 수 있는 것 자체가 감사해야 할 일이다. 뉴스를 보면 지하철에서 자신의 몸을 던져 위험에 빠진 다른 사람을 구하는 대학생, 평생 동안 열심히 모은 돈을 대학에 기탁한 할머니 등 아름다운 이야기는 얼마든지 있다.

그러나 투덜이들에게는 이러한 미담이 눈에 들어오지 않는다. 왜? 자신의 기대와 일치하지 않는 정보는 본능적으로 무시하려는 게 사람의 마음이니까. 매일매일을 좋은 날로 만들기 위해 가장 우선적으로 해야 될 일 중의 하나는 하루를 밝게 시작하고 멋지게 마무리하는 것이다. 시작과 마무리를 아름답게 하는 데는 많은 시간이 필요 없다. 단 5분이면 충분하다.

아침에 일어나면 새로운 하루를 맞이할 수 있는 것에 대해 감사하면서 좋은 하루가 될 것이라고 기대해보자. 그리고 무엇을 할 것인지를 계획하면서 사소한 일이라도 누군가를 위해서 할 수 있는 일을 한 가지 정도 생각해보자. 친구를 위해 재미있는 이야기를 준비하는 것도 좋고, 부모님께 밝은 표정으로 인사하는 것도 좋다. 아침 일찍 일어나 잠의 유혹을 과감하게 거부하고 새로운 하루를 미소로 포옹하라. 그러면 그날의 나머지 시간은 더없이 멋지게 전개될 것이다.

어제와 다른 마음가짐으로
잠자리에 들라

잠자리에 들 시간이 되면 좋은 하루였다고 생각하면서 자신이 잘한 일이 무엇인지, 그리고 주변에서 보고 들었던 일 중에서 좋았던 일이 무엇인지 찾아보자. 그러면서 잘못된 점이 무엇인지 반성도 해보자.

강원도 통천
6남 2녀 중 장남으로 태어나
가난 때문에 중학교도 못갔어!

하지만
난 평생동안
아침 일찍
일어났어

그날 할일이 즐거워
기대와 흥분으로
마음이 설렜거든 ......

현대그룹
고 정주영회장

오늘을 다르게 살면 내일는 다른 사람이 됩니다

장사를 해서 많은 돈을 벌기 위해서는 하루 장사가 끝나면 그날 하루 얼마를 벌었는지 계산해보아야 한다. 그리고 자기의 가게를 찾아준 손님들과 함께 일한 종업원들에게 감사한 마음으로 하루를 끝내야 한다. 뿐만 아니라 소홀한 것이 있으면 반성하고 고쳐나갈 것을 다짐해야 한다.

공부를 할 때도 하루 일과가 끝나면 그날 하루를 어떻게 보냈는지 결산해 보아야 한다. 그리고 우리 삶의 장사를 도와준 주변의 많은 사람들과 세상에 감사할 시간을 가져봐야 한다. 행복을 느끼면서 살려면 무엇보다도 주위 사람들에 대해 고마움을 느끼고 감사하는 마음을 갖는 것이 중요하다.

미국 캘리포니아주립대학의 로버트 에몬스Robert Emmons 교수는 사람들에게 매일 감사할 일 다섯 가지를 찾아서 감사일기를 쓰게 한 사람들과 그렇지 않은 사람들을 비교했다. 예상했던 대로 감사한 일들을 떠올렸던 사람들은 그렇지 않았던 사람들에 비해 건강 상태가 현저하게 좋아지고 스트레스도 훨씬 덜 받는 것으로 나타났다.

하루를 긍정적인 마음으로 시작해서 감사하는 마음으로 끝내는 사람이 불행해지기는 어렵다. 아침을 '짜증'으로 시작해서 하루를 '짜증'으로 마감하는 사람이 행복해지는 것도 어렵다. 어제와 다른 생각으로 아침을 시작하고, 어제와 다른 마음가짐으로 잠자리에 들어보자. 그러면 매일매일이 새롭게 느껴질 것이다. 어느 날 문득 예전과는 완전히 다른 사람이 되어 있는 자신을 발견하게 될 것이다. 하루의 시작과 마무리가 달라지면 인생이 달라진다.

오늘을 다르게 보내면 내일은 다른 사람이 된다

"아, 일어나기 싫어. 또 지겨운 하루가 시작되는구나." 아침을 짜증으로 맞이하는 사람이 멋진 하루를 보낼 수는 없습니다. 또한 감사하는 마음으로 하루를 마무리하는 사람이 불행해지기는 어렵습니다.

어제와 다른 생각으로 아침을 시작하고, 어제와 다른 마음가짐으로 잠자리에 들어보세요. 그러면 어제와 다른 내일을 맞이하게 되고, 어느 날 문득 예전과는 완전히 다른 사람이 되어 있는 자신을 발견하게 됩니다.

잠에서 일어나는 아침의 5분이 그날 하루를 결정하고 잠들기 전의 5분이 내일을 결정합니다. 하루의 시작과 마무리가 달라지면 인생이 달라집니다.

아침을 지배하는 사람이 세상을 지배합니다.

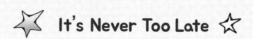

슬럼프,
어떻게 극복할 것인가?

길을 가다가 돌을 만나면
약자는 그것을 걸림돌이라 하고 강자는 디딤돌이라고 한다.
- 토머스 칼라일Thomas Carlyle

공부를 하다 보면 이럴 때가 있다. "아무리 해도 능률이 오르지 않는다." "공부에 대한 회의가 생긴다." "포기하고 싶다." "공연히 짜증이 난다." "주의 집중이 안 되고 심신이 피곤하다."

슬럼프에 빠졌을 때 나타나는 증상이다. 슬럼프 현상이란 운동선수들이 연습 후기에 운동 기능이 지속적으로 향상되다가 어느 순간, 이전에 비해 경기 실적이 갑자기 퇴보되는 상태를 말한다. 특히 프로 선수들의 경우, 누구나 간간이 슬럼프를 경험한다. 개중에는 우수한 재능을 갖고 있음에도 불구하고 심각한 슬럼프로 인해 선수 생활을 일찌감치 마감하는 경우도 있다.

운동선수들과 마찬가지로 학생들도, 때로는 슬럼프에 빠진다. 학생들 역시 우수한 재능이 있으면서도 슬럼프에서 빠져나오지 못해 학업에 실패하는 경우가 있다. 슬럼프, 그것은 누구에게나 찾아온다. 따라서 그것을 극복할 수 있는 현명한 대처 방법이 무엇보다 중요하다.

슬럼프,
왜 빠지게 될까?

슬럼프, 그것은 아무도 좋아하지 않는 손님이다. 하지만 우리는 슬럼프라는 손님을 싫든 좋든 맞이해야 한다. 그리고 그 손님을 정중하게 대접해서 되돌아가게 해야 한다. 슬럼프의 심리적인 원인은 다음과 같다.

피로처럼 생존에 도움이 되니까 ● 일년 내내 하루 24시간 긴장하면서 생존할 수 있는 생명체는 없다. 생존을 위해서는 긴장과 이완이라는 바이오리듬이 있어야 한다. 피로감이 에너지의 지나친 낭비를 방지하듯이 슬럼프 역시 우리의 생존에 필요하기 때문에 나타난다.

학습 방법이나 습관에 문제가 있어서 ● 어떤 사람은 슬럼프가 심각하고 오래가는 반면, 어떤 사람은 경미하고 짧은 시간 동안만 유지된다. 학습 방법이나 습관이 비효과적인 경우에는 대체로 슬럼프가 심각하게 온다.

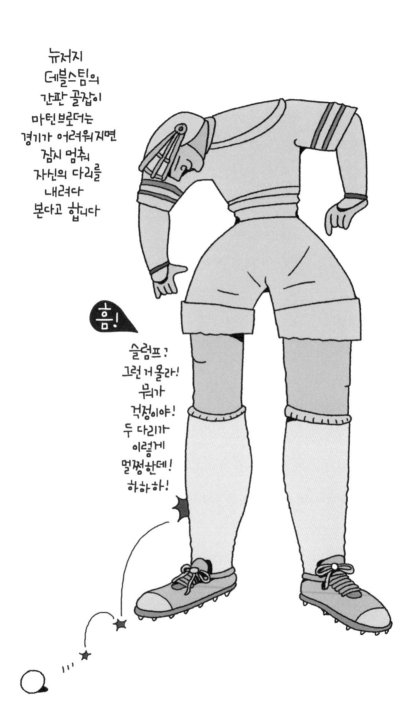

동기가 낮고 목표가 모호해서 ● 대다수의 학생들에게 공부는 단조롭고 재미없는 것이다. 특히 공부에 대한 분명한 동기가 없고 목표가 불분명하면 쉽게 싫증이 나고 의욕이 저하된다. 왜 해야 하는지가 분명해야 공부에 대한 의욕이 생긴다.

심리적인 갈등이나 불안감 때문에 ● 부모와의 관계, 교사나 친구와의 갈등, 또는 부모의 과도한 기대나 성적에 대한 고민, 이성관계 등으로 인해 심리적인 문제가 있으면 아무리 노력을 해도 성적이 오르지 않는다.

슬럼프, 어떻게 대처할 것인가?

스키를 잘 타려면 반드시 넘어져야 한다. 그리고 요령 있게 일어나는 법을 배워야 한다. 무슨 일을 하든 성공하려면 슬럼프를 극복하는 법부터 배워야 한다. 다양한 슬럼프 대처 방법을 찾아보라. 아무리 유능한 목수라도 대패 하나만으로는 멋진 집을 지을 수 없다. 연장은 많을수록 좋다.

인생 로드맵을 그려본다 ● 반드시 달성하고 싶은 꿈이나 인생 목표를 찾아본다. 몇 살 때 무엇이 되고 싶은가? 그 목표를 달성하는 과정에서 거쳐야 하는 징검다리 목표들을 찾아 나이를 적어본다. 그리고 그 목표 달성을 위해 지금 당장 A4 용지에 인생 목표와 달성 과정이 포함된 인생 로드맵을 그려보라. 슬럼프에 빠졌다고 생각될 때마다 인생 로드맵을 들여다보라.

슬럼프의 존재 이유를 받아들인다 ● 현명한 사람은 날씨가 나쁘다고 투덜거리거나 하늘을 원망하지 않는다. 대신 나쁜 날씨에 어떻게 대처할지를 생각한다. 슬럼프 역시 마찬가지다. 있어서는 안 되는 것이라고 생각하지 말자. 슬럼프란 우리의 인내력과 대처 능력을 시험하기 위해 존재한다고 생각하자. 그리고 그 대처 방법에 대해서 고민해보자.

과욕을 버리고 꾸준하게 공부한다 ● 슬럼프에 빠지더라도 기본적인 예습이나 복습 등을 꾸준하게 하라. 무엇보다도 과욕을 버려라. 운동선수들이 슬럼프에 빠졌을 때 과욕을 부려 너무 많은 연습을 하면 오히려 역효과가 나타난다. 공부 역시 지나치면 슬럼프가 길어질 수 있다. 공부는 양보다 질이 중요하다.

과거의 슬럼프 극복 방법을 회상해본다 ● 지난 과거를 돌이켜보면서 좌절하고 실패했을 때 어떤 방법으로 그것을 극복했는지 회상해보라. 지난 일들을 살펴보면서 슬럼프란 언젠가 끝나게 마련이라는 사실을 받아들이면 불안감이 줄어든다. 과거에 자기가 사용했던 현명한 해결

책은 현재의 문제를 해결하는 데 가장 효과적인 처방이 될 수 있다.

주위 사람들에게 도움을 청한다 ● 슬럼프에 빠져서 헤어나오기 힘들 때는 주변의 친구, 부모님, 선생님에게 솔직하게 도움을 청하라. 그들은 당신이 모르고 있는 나름대로의 해결책을 말해줄 것이다. 때로는 실질적인 도움을 받지 못하더라도 마음을 털어놓는 것 자체가 당신의 생각을 정리하게 해주고, 정서적인 안정을 찾아줄 수 있다.

시간을 정해놓고 마음껏 쉬는 시간을 가진다 ● 때로는 만사를 제쳐놓고 몇 시간 동안 공부와 무관한 일에 빠져 맘껏 즐겨보라. 공부에 집착하지 않고 심리적인 거리감을 두고 관조할 때 공부에 대한 새로운 결심이 설 것이다. 이때 부모님이나 어른들에게 이를 사전에 이해시키는 것이 중요하다. 그러지 않으면 자포자기한 것으로 간주해 불필요한 갈등이 생길 수 있다.

사소한 친절이나 도움을 베풀어본다 ● 누군가를 위해 사소한 친절을 베풀거나 도움을 주는 것은 슬럼프 탈출의 가장 효과적인 방법 중 하나이다. 심리 치료 전문가들은 우울증 환자의 기분을 치료하기 위한 한 가지 방법으로 다른 사람을 위해 무언가를 하도록 조언한다. 누군가를 돕는 것이 자신감과 자기 통제감을 증진시키기 때문이다. 어머니의 부엌일을 도와주거나 동생의 숙제를 돌봐주라. 기분이 달라질 것이다.

마음을 다잡는 말이나 목표를 글로 써 본다 ● 해이해지는 마음을 다스리는 효과적인 방법 중에는 자신의 희망과 목표, 그리고 각오를 글로 써보는 것이 있다. 글은 복잡한 마음을 풀어주기도 하고 마음속 다짐을 좀 더 단단하게 해주기도 한다. '마음 다지기'라는 제목의 노트를 만들어 일기를 쓰듯 생각나는 대로 써보자. 또 '나의 꿈은 ○○○○이다'라고 책상 앞에 붙여놓고 수시로 바라보자. 아니면 자신에게 격려와 충고를 하는 편지를 써보는 것도 좋은 방법이다. 글로 쓰면 언제든 보면서 다시 생각해볼 수 있기 때문에 해이해지는 마음을 다잡기가 훨씬 용이하다.

성공한 모습을 상상하고 스스로를 격려한다 ● 공부하기 힘들 때는 목표를 달성했을 때의 모습을 생생하게 상상하라. 수석 입학을 해서 기자들과 인터뷰하는 장면을 떠올려도 좋고, 잘 보이고 싶은 사람에게 자랑스러운 모습을 보여주는 장면을 머릿속에 떠올려도 좋다. 가고 싶은 대학이 있으면 그 대학의 캠퍼스를 한 번 거닐어보라. 그리고 그 대학의 학생이 된 것처럼 상상해보는 것도 효과적이다. 그러면 공부가 절로 될 것이다.

최악의 상황을 상상해본다 ● 인간의 행동을 동기화시킬 수 있는 가장 큰 요인은 두려움이다. 공부에 싫증이 느껴질 때는 빈둥거리다가 후에 낙오자가 된 모습을 상상해보라. 지금은 친하게 지내는 많은 친구들이 몇 년 후, 자신의 길을 찾아서 당신과는 완전히 다른 삶을 살면서 당신을 거들떠보지도 않는다. 그런데도 당신은 아직도 빈둥거리면서 방황하고 있다. 이러한 훗날의 모습을 상상하면 지금 무엇을 해야 하는지 판단이 설 것이다.

위기 극복 사례를 찾아본다 ● 자신이 어려움에 처해 있을 때 용기를 얻을 수 있는 중요한 방법 가운데 하나는 자신보다 훨씬 어려운 처지에 있었던 사람들이 어떻게 고난을 이겨냈는지, 그 과정을 배우는 것이다. 공부가 안 될 때는 되지도 않는 공부를 억지로 하느라 진땀 빼지 말고 역경 속에서도 굴하지 않고 성공을 거머쥔 사람들의 이야기가 담긴 감동적인 책이나 영화를 보라. 거기에서 용기와 힘을 얻게 될 것이다.

과일나무가
해거리를 하는 까닭

혹시 해거리라는 말을 들어본 적이 있는가? 과일나무에서 과일이 많이 열리는 해成年와 적게 열리는 해休年가 교대로 반복해서 나타나는 데 이를 해거리격년결과, 隔年結果라고 한다. 해마다 과일을 잔뜩 만들어내면 좋은데 왜 나무들은 해거리를 할까?

해거리를 하지 않고 매년 많은 과일을 만들어내면 오래 버틸 수 없기 때문이다. 나무들은 양분을 보충해서 다음 해에 더 풍성한 결과를 만들어내기 위해 과감하게 열매 맺기를 포기한다. 사람들이 겪는 슬럼프는 과일나무의 해거리와 같다. 잠시 활동속도를 늦추라는 신호로 받아들이면서 재충전할 시간을 가져보자. 휴년이 있어야 풍성한 성년을 준비할 수 있듯이 움츠렸다 뛰어야 더 멀리 뛸 수 있다.

그 사람이 가진 그릇의 크기는 일이 잘 풀릴 때가 아니라 일이 잘 풀리지 않아서 좌절할 수밖에 없을 때 어떻게 처신하는지를 보면 알 수 있다. 인도의 힌두교 지도자, 스와미 비베카난다Swami Vivekananda는 이렇게 말했다. "당신이 하루 종일 아무런 문제에 부닥치지 않는다면 당신은 잘못된 길을 걷고 있는 것이다." 슬럼프는 열심히 노력하는 사람만이 겪을 수 있는 일이며, 슬럼프에 빠져본 적이 없다는 것은 한 번도 열심히 노력해본 적이 없다는 것이다. 슬럼프, 존재 이유를 떠올리며 느긋하게 대처하자.

슬럼프, 어떻게 극복할 것인가?

열심히 공부를 해도 능률이 오르지 않을 때, 공부에 회의가 들면서 포기하고 싶을 때가 있습니다. 슬럼프에 빠졌을 때 나타나는 증상입니다.

혹시 해거리라는 말을 들어본 적이 있나요? 과일나무에는 과일이 많이 열리는 해와 적게 열리는 해가 교대로 나타나는데, 적게 열릴 때를 해거리라고 합니다. 해마다 과일을 잔뜩 만들어내면 좋을 텐데 왜 나무들은 해거리를 하는 것일까요? 그 기간 동안 양분을 보충해 다음 해에 더 풍성한 결과를 만들어내기 위해서입니다.

슬럼프는 과일나무의 해거리와 같습니다. 슬럼프를 잠시 활동 속도를 늦추라는 신호로 받아들이고 재충전할 시간을 가져보십시오. 움츠렸다 뛰어야 더 멀리 뛸 수 있습니다.

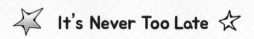
It's Never Too Late

2부

목표가 정해지면
모든 것이 달라진다

아들아,

성공의 첫 단계는 우리가 원하는 것을

명확하게 결정하는 것이다.

목표가 정해지면 모든 것이 달라진단다.

만나는 사람도 달라지고, 자주 가는 곳도 달라지고

방문하는 웹사이트도 달라진다.

그래서 5년, 10년 후 목표 없이 사는 사람들과는 달리

네가 원하는 모습으로 살게 된단다.

커서
뭐가 되고 싶니?

"커서 뭐가 되고 싶니?"

어른들이 아이들에게 흔히 하는 질문이지만 아이들에게는 가장 대답하기 힘든 질문이다. 그런데 어른들은 왜 아이들에게 이런 질문을 던질까? 어른이 되면서 삶이란 여행과 같은 것이며, 여행은 목적지를 정하고 떠나야 실패할 확률이 낮다는 사실을 깨닫게 되기 때문이다. 여행을 떠나려면 갈 곳을 먼저 정해야 하고 원하는 것을 얻으려면 원하는 것이 무엇인지 먼저 정해야 한다.

지금까지 갈 곳을 정해주고, 그곳으로 데려다준 운전자는 당신 부모들이었을 것이다. 앞으로도 당분간은 부모들이 당신을 위해 운전해줄 것이다. 하지만 평생 당신을 태워줄 수 있는 운전자는 이 세상에 아무도 없다. 그러므로 이제 운전석에 앉아야 할 사람은 다른 사람이 아니라, 바로 당신 자신이다.

우리가 목표를
멀리하는 까닭은?

"목표, 그거 좋은 줄은 저도 잘 알죠. 그런데도 생각하기 싫다는 거 아닙니까."

몇몇 독자들이 이렇게 툴툴거리는 소리가 들리는 듯하다. 그렇다면 이렇게 묻겠다.

"왜 목표를 생각하기가 싫은데요?"

그러면 이렇게 대답할지 모르겠다.

"그냥요."

과연 그럴까? 아직 목표가 명확하지 않다면 다음과 같은 이유들이 당신 마음속에 자리를 잡고 있기 때문이다.

충분히 고통스럽지 않기 때문에 ● 현재 상태가 그런대로 견딜 만하고 아직 충분히 고통스럽지 않기 때문이다. 인간은 정말 고집스러운 동물이다. 충분히 고통스럽지 않으면 변화를 시도하지 않는다.

중요하다는 것을 모르기 때문에 ● 분명한 목표가 없는 사람들 중에는 목표가 왜 중요한지를 모르는 경우가 많다. 목표의 중요성을 모르기 때문에 목표를 생각해보지도 않고, 생각해보지도 않기 때문에 구체적인 목표를 만들어낼 수도 없다.

이루지 못할 것을 두려워하기 때문에 ● "못 오를 나무는 처다보지도 마라"는 속담처럼 가능성이 없다고 생각할 때 가장 흔히 쓰는 책략이 '목표 없이 살기'이다. 좌절감의 근원은 목표 때문이고, 목표가 없으면 괴로움을 느끼지 않아도 된다고 생각하기 때문에 사람들은 목표를 만들지 않는다.

시간과 노력을 투자하기 싫어서 ● 체력을 기르기 위해 아침 운동을 하는 것이건 게임을 끊고 공부를 하겠다는 결심이건 목표를 달성하려면 자신의 욕구와 싸워야 하고, 시간과 에너지를 투자해야 한다. 욕구 충족을 미루고 목표 달성을 위해 시간과 노력을 투자하고 싶지 않기 때문에 목표를 만들지 않는다.

눈앞의 유혹에 휘둘리기 때문에 ● 공부, 운동, 저축 등 우리가 목표로 설정하고자 하는 것들은 장기적으로는 큰 보상을 줄 수 있지만 당장은 고통을 감수해야 하는 일들이 대부분이다. 목표를 세우지 못하는 이유는 장기적으로는 해가 되지만 즉각적인 만족을 제공하는 유혹들에 휘둘리기 때문이다.

목표가 있어야
하는 까닭

성공하는 사람들은 모두 비슷한 이유로 성공한다. 실패하는 사람들 역시 그들 나름의 비슷한 이유로 실패한다. 각 분야에서 성공한 사람들을 조사해서 그들이 갖고 있는 공통점을 찾아낸 나폴레온 힐Napoleon Hill은, 성공한 사람들은 하나같이 확고한 목표와 그것을 끝까지 해내려는 집요함을 가지고 있음을 밝혀냈다. 목표와 목표에 대한 집요함이 학력이나 지능 및 천재성 등 그 외의 어떤 특성보다도 우선했다. 목표는 다음과 같은 몇 가지 점에서 우리에게 분명한 도움이 된다.

방황하지 않게 도와준다 ● 목적지와 도착 예정 시간, 그리고 코스를 정해놓고 운전하면 길을 헤매지 않는다. 마찬가지로 되고 싶은 것과 하고 싶은 일을 향해 살아가는 사람은 주변의 유혹을 보다 효과적으로 뿌리칠 수 있으며, 시간을 낭비하는 일도 적다. 내면 깊은 곳에서 가치 있는 목표 달성을 위해 "하겠다"라는 의지가 불타고 있으면 가치 없는 일에 대해 "하지 않겠다"고 말하는 것은 의외로 쉽다.

효과적인 방법들을 찾게 해준다 ● 뚜렷한 목표를 갖게 되면 목표를 달성할 수 있는 방법들이 자연스럽게 찾아진다. 니체는 이렇게 말했다. "살아야 할 이유를 아는 사람은 그 방법도 찾아낸다." 공부를 해야 할 절박한 이유와 뚜렷한 목표를 갖게 되면 방법은 저절로 찾아진다.

쉽게 포기하지 않게 한다 ● 정신과 의사 빅토르 프랭클Vitor Frankl에 의하면 나치 수용소에서 끝까지 살아남았던 유대인들은 가장 건강이 좋은 사람도, 가장 영양 상태가 좋은 사람도, 가장 머리가 좋은 사람도 아니었다. 살아야 한다는 절실한 이유와 구체적인 목표를 가진 사람들이었다. 생존자들은 하나같이 '목표'가 있었기 때문에 삶을 포기할 수 없었다고 말했다.

지겨움을 줄이고 성취감을 느끼게 한다 ● 목표 없이 하는 일은 달성 여부를 확인할 수 없기 때문에 성취감을 느낄 수가 없다. 그러나 방을 정리하는 사소한 일조차도, 언제까지 어떻게 하겠다고 목표를 정하고 하면 훨씬 쉽게, 훨씬 신나게 할 수 있다.

혹시 아무런 목표 없이 스마트폰이나 게임에 빠져 하루하루를 살고 있다면, 그것을 즐기는 것 같지만 사실은 통신회사나 게임 개발자들의 목표 달성을 돕기 위해 열심히 봉사하고 있는 것에 불과하다. 자, 이젠 선택을 해야 한다. 자신의 목표 달성을 위해 시간을 투자할 것인가? 아니면 남의 목표 달성을 위해 인생을 허비할 것인가? 목표가 없는 사람들은 언제나 목표가 확고한 사람들의 먹잇감이 될 뿐이며, 유혹에 휘둘리는 사람들은 목표가 명확한 사람들을 위해 평생 일해야 하는 종신형에 처해질 뿐이다.

목표는 사람이 만들지만 일단 목표가 만들어지면 목표가 사람을 이끈다. 벤저민 프랭클린은 그의 성공비결에 대해 이렇게 말했다. "나는 매일 아침 일어나면 '오늘 내가 할 수 있는 일이 뭘까?'라고 생각했다. 그리고 저녁에 잠자리에 들 때는 '내가 그 일을 했는가?'라고 자문했다. 나는 그렇게 하루를 시작하고 하루를 마무리 지었다." 당신은 오늘 아침 어떤 생각으로 자리에서 일어났는가? 오늘 밤 어떤 질문으로 잠자리에 들겠는가?

커서 뭐가 되고 싶니?

"커서 뭐가 되고 싶니?" 어른들이 아이들에게 흔히 하는 질문입니다. 어른들은 왜 이런 질문을 할까요? 여행을 떠나려면 먼저 목적지를 정해야 하기 때문입니다.

목표가 정해지면 많은 것이 달라집니다. 읽는 책도 달라지고 만나는 친구도 달라지고 방문하는 웹사이트도 달라집니다. 목표는 사람이 만들지만 일단 목표가 만들어지면 목표가 사람을 이끕니다.

벤저민 프랭클린은 그의 성공비결에 대해 이렇게 말했습니다. "나는 매일 아침 일어나면 '오늘 할 수 있는 일은 무엇일까?'라고 생각했다. 그리고 저녁에 잠자리에 들 때는 '그 일을 했는가?'라고 자문했다. 나는 그렇게 하루를 시작하고 하루를 마무리 지었다." 당신도 한 번 해보십시오. 이 작은 질문으로 인생이 크게 바뀔 수 있습니다.

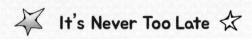

It's Never Too Late

이유를 찾아내고
목표에서 눈을 떼지 마라

무엇이 되고자 하는가?
그것을 먼저 자신에게 말하라. 그리고 해야 할 일을 행하라.

– 에픽테토스Epictetus

"공부는 열심히 하는 사람보다 즐기는 사람이 더 잘해요. 그런데 즐기는 사람보다 더 잘하는 사람이 어떤 사람인 줄 아세요? 절박한 사람이에요. 제게는 공부를 할 수밖에 없는 '절박한 이유'가 있었기 때문에 이 자리에 설 수 있었습니다. 저도 사실 공부가 가장 싫었거든요." TV에 출연한 공신공부의 신 한 명이 했던 말이다.

공부를 못하는 학생들은 공부가 안 되는 오만 가지 핑계를 찾아낸다. 하지만 공부를 잘하는 학생들은 어떤 식으로든 공부를 해야만 하는 절박한 이유를 찾아낸다. 그 이유가 반드시 고상할 필요는 없다. 기부재단을 만들고 싶기 때문이건, 맘에 드는 이성에게 잘 보이고 싶기 때문이건 절박하면 된다.

많은 사람들의 사랑을 받고 있는 인기 프로마술사 한 명은 마술을 시작하게 된 동기를 이렇게 말했다. "그저 여자들에게 인기를 얻고 싶어 저만의 취미를 찾았던 것이 제 마술의 시작이었습니다." 그리고 대학 재학 중에 사법고시, 외무고시, 행정고시를 비롯한 삼시三試에 모두 합격한 어느 정치가 역시 공부를 열심히 하게 된 이유에 대해 이렇게 말했다. "사실 저는 외모 콤플렉스가 정말 심했습니다. 미팅을 나가면 머리는 크고, 키는 작고, 얼굴은 볼품없다고 모두 거절당했습니다. 그래서 처음엔 여자들에게 무시 안 당하려고 공부했습니다. 실제로 삼시三試에 합격하니 그 결과는 생각보다 훨씬 더 환상적이었습니다."

이화여대 최재천 교수 역시 이렇게 말한다. "어느 날, 공부를 해야 할 이유를 찾고 난 다음부터는 놀자고 하는 친구를 보면 화가 나고 슬퍼지기까지 했다. 나도 공부하기 싫어 환장했던 사람이었다." 피카소 역시 예술의 시작은 여자 때문이라고 하지 않았는가? 공부가 되었건, 운동이 되었건, 다이어트가 되었건 포기하지 않고 끝까지 밀고 나가려면 그만큼 절박한 이유가 있어야 한다.

물리화학자 윌리스 휘트니Willis Whitney는 이렇게 말했다. "사람들은 자신이 하고 싶은 일을 할 수 없는 수천 가지 이유를 찾고 있다. 그러나 정작 그들에게 필요한 것은 그 일을 해야 하는 한 가지 이유이다." 정말 해야만 하는 간절한 이유 한 가지가 만들어지면 그동안 망설이게 만들었던 오만 가지 핑계들은 순식간에 사라진다.

하지만 아무리 절박한 이유를 갖고 시작한 일이라도, 아무리 의지가 강한 사람도 포기하고 싶을 때가 있다. 목표를 성취하고 성공적인 삶을 산 사람들은 그런 상황에서도 목표에서 생각의 끈을 놓지 않고 자기를 통제하는 방법들을 가지고 있다.

성공하는 사람들의
4가지 공통점

현명하게WISE 목표를 달성하는 사람들은 네 가지 요인 Willpower, Initiative, Stamina, Enthusiasm의 핵심 특성을 갖고 있다. 내가 갖고 있는 가장 강한 핵심 특성은 무엇이고, 보완해야 할 핵심 특성은 무엇인지 살펴보자.

W - 의지 ● 반드시 달성한다는 강한 의지. 일단 목표를 세우면 반드시 달성한다는 의지와 신념이 있어야 목표가 달성된다.

I - 실천력 ● 즉각적인 실천. 하고 싶을 때, 시간이 날 때, 여건이 될 때를 기다리지 마라. 목표가 중요하다면 그것을 위해 작은 일부터라도 미루지 말고 당장 실천하라.

S - 끈기 ● 끝장을 본다는 끈기. 단시일 내에 목표를 달성하겠다는 생각보다는 끈기를 가지고 하나씩 달성하겠다고 생각하라. 성공의

힘은 목표한 일을 끝까지 하는 것이다.

E – 열정 ● 긍정적인 마음과 열정. 아무리 고상한 목표라도 그 일을 좋아하지 않으면 어려울 때 쉽게 포기하게 된다. 목표를 달성하려면 무엇보다 그 일을 좋아해야 한다.

목표를 글로 써서
눈에 띄는 곳에 붙여놓는다

목표를 쉽게 포기하지 않기 위해서는 반드시 글로 적어야 한다. 눈에 잘 띄는 곳에 붙여놓으면 더 효과적이다. '목표들은 이미 내 머릿속에 있다'라는 생각만으로는 충분하지 않다. 글로 써놓지 않으면 시간이 지나면서 어느 틈에 목표는 점점 희미해진다.

만약 어떤 대학의 어떤 학과에 가고 싶다면 "나는 ○○대학교 ○○학과 학생 ○○○이다"라고 크게 써서 책상 앞에 붙여보자. 그것은 목표를 향해 구체적이고도 영구적으로 행동해나가겠다는 확증이 되기 때문에 지겹거나 힘들더라도 쉽게 포기하지 않게 만든다. 수첩이나 노트, 책상 앞, 또는 화장실 거울 등 눈에 띄는 곳에 써 붙여도 좋다. 처음에는 다소 쑥스러울지 모른다. 그러나 쑥스러운 만큼 우리는 우리 자신이 써 붙인 그 목표를 향해 더욱더 열심히 노력하게 된다.

목표를 적어두는 것만으로 충분하지는 않다. 적어둔 목표는 수시로 점검해야 한다. 나는 어렸을 때 반드시 가지고 가야 할 준비물을 잊어버리지 않기 위해 손바닥에 써놓거나 아니면 손가락 하나에 실을 동여맸다. 그러면 손을 볼 때마다 그것이 눈에 띄어 잊어버릴 수가 없었다. 당신은 목표를 잊지 않기 위해 어떤 방법을 쓰는가?

가고 싶은 대학의 강의실에서
사진을 찍어보자

목표를 계속해서 마음에 담아두는 또 하나의 방법이 있다. 그것은 원하는 것과 관련된 자료를 모아 스크랩북을 만드는 것이다. 만약 어떤 대학에 입학하기를 원한다면, 우선 그 대학의 사진을 인터넷에서 수집하는 것부터 해보자. 캠퍼스 잔디밭에서 담소를 나누고 있거나 도서관에서 열심히 공부하고 있는 학생들의 모습을 수집해 책상 앞에 붙여놓자. 그리고 그 사진 속의 주인공이 자신이라고 상상해보자. 시간을 내서 한 번쯤은 그 학교를 방문해 캠퍼스와 강의실을 둘러보고 사진을 찍자. 거기서 만난 학생들에게 입학 비결을 물어보자.

시간이 없거나 멀어서 갈 수 없다면 포토샵 같은 편집 소프트웨어를 사용해 그 학교 캠퍼스에 자신의 모습을 넣어보자. 만약에 수석 입학이 목표라면 매년 신문에 보도되는 수석 입학생의 사진과 인터뷰 기사를 모아놓고 수시로 읽어보자. 그리고 목표를 달성하기 위해 어떤 과정을 거쳐야 하는지 마음속으로 그려보자. 생생한 이미지를 동원해서 목표 달성 과정을 시각화하다 보면 우리의 뇌는 열심히 공부하는 것을 거부감 없이 받아들이게 된다. 그러면 의욕이 솟고 해이해지는 마음을 다잡기가 훨씬 더 쉬워진다. 뇌의 이런 작동 원리를 활용해 목표를 달성한 모습과 그 달성 과정을 시각화해서 목표 달성을 하게 만드는 것, 이것이 바로 '이미지 트레이닝Image Training'이다.

앞서간 사람에게
길을 물어본다

세계 최고의 부자 빌 게이츠는 성공 비결을 이렇게 말했다. "다른 사람의 좋은 습관을 내 것으로 만든다." 산의 정상에 오르고 싶다면 이미 정상에 오른 사람에게 길을 물어보면 된다. 그대의 목표는 무엇인가? 이미 그 목표를 달성한 사람은 누구인가? 벤치마킹하고 싶은 모델을 찾았으면 그 사람들이 갖고 있는 성공의 비결이 무엇이었는지를 확인하라. 어떤 분야에서 정상에 오른 사람들은 그들만의 재능뿐 아니라 태도, 사고 방식, 그리고 행동 양식을 가지고 있다. 그들은 사물을 다르게 보고, 시간을 다르게 활용한다.

성공의 비결을 배울 수 있는 가장 좋은 방법 가운데 하나는 이미 성공한 사람들을 만나서 비결을 듣는 것이다. 일반적으로 사람들은 자기보다 성공한 사람들을 만나는 것을 두려워한다. 그 이유는 성공한 사람들이 자신을 상대해주지 않을 것이라고 생각하기 때문이다.

그러나 사실은 그 반대인 경우가 많다. 즉 뭔가를 이루어낸 사람들은 의외로 자신에게 그 비결을 물어보는 사람을 좋아한다.

그러니 너무 겁먹지 말고 우리가 원하는 목표를 달성해 성공한 사람을 찾아가보자. 만약 멀리 있다면 이메일을 보내 궁금한 점을 정중하게 물어보자. 여기서 유념해야 할 것 한 가지가 있다. 기꺼이 길을 가르쳐주고 싶은 이유를 제공해야 한다. 서양 속담에 이런 말이 있다. "부자가 되려면 부자에게 점심을 사라." 정말 멋진 속담이 아닌가?

목표를 이루면
자신을 칭찬하고 보상한다

모든 동물은 쾌감과 보상을 추구하고 불쾌한 경험은 회피한다. 따라서 동물을 훈련시킬 때도 '먹이'라는 보상을 사용한다. 이 원리는 인간에게도 적용된다. 아이들에게 인사하는 것을 가르치기 위해 어른들이 가장 보편적으로 사용하는 방법은 인사할 때마다 미소를 지어주면서 머리를 쓰다듬고 칭찬을 해주는 것이다.

우리가 하는 대부분의 행동들은 보상에 의해 학습된 것들이다. 그러나 다른 사람으로부터 주어지는 외적 보상은 한계가 있다. 그래서 자신을 통제하려면 스스로를 보상하는 훈련이 필요하다.

만약 계획한 일들을 성취했다면 주말에 평소 보고 싶었던 영화를 보거나 좋아하는 친구와 시간을 보내는 것도 자기 보상의 한 방법이다. 그리고 거울을 보면서 스스로에게 칭찬해보자. "○○야, 넌 그 일을 해냈어. 정말 멋져!"라고 말이다. 스스로에게 보상을 주고 처벌을 해서 자기를 훈육할 수 있는 존재는 이 지구상에서 인간밖에 없다.

목표 달성에 실패했을 때는 스스로 처벌한다

우리는 왜 하기 싫은 숙제를 억지로라도 하며, 무엇 때문에 지각을 하지 않으려고 애쓸까? 그리고 빨간 신호등이 켜지면 운전자들은 왜 차를 세울까? 이유는 간단하다. 그렇게 하지 않으면 더 괴로운 일이 발생하기 때문이다. 다시 말하면 벌을 받기 때문이다.

바람직하지 않은 습관이나 행동을 변화시키기 위해서 가장 광범위하게 사용되는 것이 처벌이다. 처벌은 누구로부터 받는가? 물론 대부분의 경우 다른 사람들로부터 받는다. 그러나 성공적인 삶을 산 사람들은 스스로 목표를 세우고, 규칙을 만들어 자신이 그것을 위반했을 때 스스로 처벌하여 자기를 통제한다. 이 점이 보통 사람들과 다르다. 보통 사람들은 자기가 목표와 다른 방향으로 가더라도 스스로를 처벌하지 않는다.

정말 보람된 삶을 살고 싶은가? 그렇다면 그 방향에서 벗어나는 행동을 했을 때 스스로를 처벌하는 규칙을 만들어야 한다. 만약 스마트폰 사용시간을 줄이고 공부를 좀 더 하기로 했는데 그것을 지키지 못했다면 "밥을 한 끼 굶고 대청소를 한다"라거나 "일주일 동안 아침에 1시간 일찍 일어나고 스마트폰 사용을 중단한다"와 같은 처벌 조항을 만들어 스스로를 강하게 통제하자.

목표에서
생각의 끈을 놓지 말자

진정으로 목표를 달성하기 원한다면 목표에서 생각의 끈을 놓지 말아야 한다. 목표 목록을 지니고 다니면서 수시로 점검해야 한다. 그날그날 꼭 해야 할 중요한 일들의 목록을 수첩에 적어가지고 다니거나 아니면 반드시 해야 할 일들을 스마트폰을 활용해 체크하는 것도 한 가지 방법이다.

헝가리의 축구 영웅 페렌츠 푸스카스Ferenc Puskas는 성공 비결을 묻는 기자에게 이렇게 대답했다. "틈만 나면 축구를 합니다." 공을 찰 수 없을 때는? "축구에 대한 대화를 합니다." 그리고 대화를 할 수 없을 때는? "축구에 대해 생각을 합니다." 탁구에서 골프에 이르기까지 공을 사용하는 모든 구기 종목의 행동강령 1호는 '공에서 눈을 떼지 마라'이다. 목표를 달성하고 싶다면 목표에서 생각의 끈을 놓지 말아야 한다. 생각하고 생각하고 또 생각하다 보면 방법을 찾게 되고, 행하고 행하고 또 행하게 되면 꿈을 이루게 된다. 나는 내 꿈과 관련해서 하루 몇 시간 정도 생각과 실천을 하고 있는가?

이유를 찾아내고 목표에서 눈을 떼지 마라

달성하고 싶은 목표를 글로 적어놓으십시오. 글로 써놓지 않으면 시간이 지나면서 어느 틈에 목표가 희미해지고 끝내 머릿속에서 지워집니다.

목표를 계속 마음에 간직하는 좋은 방법 중 하나는 관련 자료를 모아서 스크랩북을 만드는 것입니다. 만약 어떤 대학에 입학하기를 원한다면 우선 그 대학의 사진부터 수집해보십시오. 시간이 되면 그 학교를 방문해서 이곳저곳을 둘러보십시오. 그리고 틈날 때마다 열심히 공부해서 그 학교에 입학해 행복하게 다니는 모습을 상상해보십시오.

생생한 이미지를 동원해서 목표 달성 과정을 시각화하다 보면 우리의 뇌는 열심히 공부하는 것을 거부감 없이 받아들이게 됩니다. 뇌의 이런 작동 원리를 활용해 목표 달성을 하게 만드는 것을 '이미지 트레이닝'이라고 합니다.

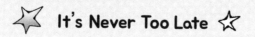

뜬구름 잡지 말고
실천 방법을 찾아보자

실행할 수 없는 계획은 계획이 아니다. 단지 의도일 뿐이다.
- 피터 드러커Peter Drucker

거창하게 시작한 신년결심이 용두사미, 작심삼일로 흐지부지
되는 경우가 많다. 왜 그럴까? 거기에는 중요한 이유가 한 가지 있다.
구체적인 실행 과정을 생각하지 않고 목표만 세우기 때문이다. 결심
에는 두 가지 유형이 있는데, 하나는 목표 의도Goal Intention, 목표 지향적
인 결심이고 또 하나는 실행 의도Implementation Intention, 실행 지향적인 결
심이다. 목표 의도란 "성적을 올리겠다", "살을 빼겠다"처럼 목표만을
포함한 결심이다. 반면, 실행 의도란 목표를 달성하기 위한 구체적인
실천 방법을 포함한 결심이다.

"이번 시험에는 무슨 일이 있어도 10등을 올린다"고 목표만을 포함
한 결심을 하는 학생과 "10등을 올리기 위해, 이번 방학이 끝날 때까

지 주요 과목 3개의 인터넷 강의를 날마다 빠지지 않고 들으면서 하루 3시간씩 예습과 복습을 한다"와 같이 실행 의도가 포함된 결심을 하는 학생 중 누가 성적을 올릴 가능성이 더 높을까? 말할 것도 없이 후자이다.

신년결심이 작심삼일로 끝나는 것은 대부분 살을 빼겠다거나 담배를 끊겠다는 식의 목표 지향적인 결심을 하기 때문이다. 실행 방법을 포함하는 결심은 목표만을 포함한 결심보다 성공률이 현저하게 높다는 연구 결과들이 많다. 한 가지 예로, 독일의 심리학자 피터 골위처 Peter Gollwitzer 박사는 두 집단의 학생들을 대상으로 실험을 실시하고 다음과 같은 연구 결과를 발표했다.

지도만 보면 뭐해! 남이 만들어놓은 지도에 네가 가고 싶은 곳이 있을 거 같니?

넌! 너만의 지도를 만들어야 해!

이상한나라의 『앨리스』中

실험에서 한 집단에게는 크리스마스 연휴에 하고 싶은 일이 무엇인지만을 알려주도록 요청했다목표 의도 집단. 또 한 집단에게는 크리스마스 연휴에 하고 싶은 일과 함께 그 일을 언제 할지 그 구체적 실행 과정을 알려주도록 요청했다실행 의도 집단. 마감시간 내에 결심을 실천한 학생 수를 비교한 결과, 목표 의도 집단은 22%만이 결심을 실천했다. 반면에 실행 의도 집단은 무려 62%의 학생들이 마감기한 내에 결심을 실천했다. 이 실험 결과는 아무리 비장한 각오로 결심을 해도 구체적인 실행 과정이 포함되지 않는다면 목표를 달성할 확률이 크게 떨어진다는 사실을 잘 보여준다.

야망보다
구체적인 목표를 세워라

우리에게 필요한 것은 단지 크고 원대한 야망이 아니라 달성 가능성이 높은 목표를 갖는 것이다. 그러기 위해서는 목표에 대한 정확하고 구체적인 인식이 필요하다. 심리학자들은 달성 가능성이 높은 목표를 세우기 위해서는 스마트SMART 규칙을 사용하라고 조언한다. 이 규칙에 따르면 효과적인 목표는 구체적이고Specific, 측정 가능하며Measurable, 행위 중심적이며Action-oriented, 현실적이고Realistic, 적절한 시간Timely이 배정되어야 한다.

이 다섯 가지 핵심 요소를 나타내는 영어 단어 첫 글자를 따서 '스마트SMART 규칙'이라 부른다. 달성 가능성이 높은 목표를 세우려면 무엇보다 먼저 다음과 같은 점을 점검해야 한다.

S – 구체적인 목표 ● 예를 들어, "방학을 알차게 보내겠다"라거나 "영어 실력을 높인다"는 식의 막연한 목표는 달성 가능성이 희박하다. 목표는 구체적이고 분명할수록 달성 가능성이 높다. 예를 들어 '전공 공부, 여행, 운동 등' 구체적인 목표 영역을 설정하고 '언제, 어디서, 무엇을, 어떻게, 얼마나' 할 것인지를 분명하게 정해두어야 한다.

M – 측정 가능한 목표 ● 방학 때 살을 빼기 위해 다이어트를 하기로 마음먹은 사람이 '목표'를 단지 '날씬해지는 것'으로 잡는다면 살을 빼는 데 실패할 가능성이 높다. 왜? 자신의 행동 결과를 쉽게 비교 판단할 수 없기 때문이다. 목표 달성을 위한 노력을 지속적으로 하기 위해서는 반드시 변화 정도를 선명하게 관찰할 수 있어야 한다. 따라서 '날씬해지는' 목표에서 '5킬로그램을 줄이는' 목표로 바꾸면 그만큼 달성 가능성이 높아진다. 마찬가지로 '영어 실력을 높인다'보다는 '1일에 10개 단어, 1개월 동안 300개 단어 외우기'로 정하면 달성 가능성이 높아진다.

A – 행위 중심적인 목표 ● '친절한 사람'이 되겠다는 목표를 갖는다면 이를 달성하기는 어렵다. 왜냐하면 거기에는 행위가 명시되지 않았기 때문이다. 따라서 그 목표는 '지금껏 인사하지 않았던 사람들 중 한

사람에게 날마다 인사한다'와 같은 행위 중심적인 목표로 바꾸어야 한다. 만약 돈을 모으고 싶다면 '돈을 아끼자'와 같은 사고 중심적인 목표를 세워서는 안 된다. 이보다는 '매주 월요일은 은행에 가서 1만 원 이상씩 저축한다'와 같은 행위 중심적인 목표를 세워라. 성공하고 싶다면 사고 중심적인 목표보다는 행위 중심적인 목표를 설정하라.

R - 현실적인 목표 ● 체중이 96킬로그램이나 나가는 사람이 '하면 된다!'는 환상적인 믿음을 갖고 한 달 동안에 45킬로그램의 날씬한 몸매를 갖겠다는 것은 그야말로 망상이다. "처음 일주일은 체중을 늘리지 않는다. 두 번째 주는 500그램을 줄인다" 등 실현 가능하고 현실적인 목표를 설정해야 성공 가능성을 높일 수 있다. 당신이 세운 목표를 달성하는 습관을 들이고자 한다면 구체적이면서도 실현 가능한 작은 일부터 시작해야 한다. 화학 공부를 잘하고 싶다면 부담 없는 참고서를 구해 처음에는 최소한의 양만 목표로 잡아 독파해야 한다. 그리고 그것이 달성되면 점진적으로 목표를 높이 잡아라.

T - 적절한 시간 배정 ● 실패하는 목표들이 갖고 있는 또 다른 특징 중의 하나는 그 목표가 수행되는 데 소요되는 시간이 적절하게 고려되지 않았다는 점이다. 목표 설정과 달성 과정에서는 반드시 시간을 고려해야 한다. 첫째, 목표를 달성하는 마감 시간을 설정해야 한다. "언젠가는 체중을 30킬로그램 줄이겠다"가 아니라 "3개월 내에 5킬로그램을 줄이겠다"고 목표를 세워야 한다는 것이다. 둘째, 마감 시간

의 설정이 적절한지를 검토해야 한다. 마감 시간을 너무 짧게 잡아도 문제지만 너무 길게 잡아도 목표가 달성되기 힘들다. 사람들은 마감 시간에 맞춰 자신의 행위를 조절하며 대개는 시간이 많을 때 더 나태해져서 목표 달성과는 거리가 멀어지기 때문이다.

마감 시간은 약간 타이트하게
– 파킨슨의 법칙

내 수업을 듣는 학생들에게 숙제를 내줄 때, 어떤 경우에는 일주일 내에, 어떤 경우에는 학기 말인 2개월 후에 제출하게 했다. 재미있는 현상 중의 하나는 두 가지 경우 모두, 리포트를 제출하지 않는 학생과 제출 기한을 넘기는 학생의 수가 비슷하다는 것이다. 뿐만 아니라 리포트의 질도 거의 차이가 없었다. 왜 그럴까?

만약 당신에게 편지를 쓸 시간이 하루가 있다면 하루가 걸릴 것이다. 예컨대, 편지 쓸 사람을 생각하는 데 1시간, 어떤 편지지에 어떤 내용을 쓸 것인지 생각을 하는 데 1시간, 볼펜과 종이를 찾는 데 30분, 쓰다가 커피 마시고 공상하며 전화 받는 데 1시간 30분, 봉투 사러 가기 위해 1시간이 걸릴 수도 있다. 편지 한 통 쓰느라고 하루 종일 고생했다고 불평하면서 결국 녹초가 되어버릴지도 모른다.

그러나 반드시 30분 내에 편지를 부쳐야 할 일이 생기면 당신은 분명 그 시간 내에 그 일을 마칠 수 있을 것이다. 시간이 많을수록 성과를 많이 내는 것이 아니라, 바쁠수록 효율적으로 일하는 것이 인간의 본성이다. 다시 말하면 주어진 시간이 많으면 쓸데없이 일들이 부풀려진다는 것이다.

이 현상은 영국의 역사가이며 사회경제학자인 노스코트 파킨슨 Northcote Parkinson이 실질적인 작업량과 상관없이 공무원의 수가 증가하는 현상을 관찰해서 최초로 밝혔기 때문에 '파킨슨의 법칙 Parkinson's Law'이라고 한다. 중요한 것은 주어진 시간이 아니라 그 주어진 시간을 얼마나 효과적으로 사용하느냐이다. 무슨 일이든 시간을 너무 넉넉하게 잡으면 쓸 데 없는 일들이 끼어들어간다. 그러니 계획을 세울 때는 약간 타이트하게 마감 기일을 책정해야 한다. 당신의 계획은 어떤가?

뜬구름 잡지 말고 실천 방법을 찾아보자

결심하고 난 다음 실천하지 못할 때가 많죠? 이유

가 있답니다. 독일의 콘스탄츠대학의 한 심리학자는 다음과 같

은 실험을 했습니다.

한 집단의 학생들에게는 연휴기간 하고 싶은 일 한 가지씩을 찾아보게 하고

(목표의도 집단), 다른 집단에게는 결심을 하고 그 결심을 어떻게 실천할지 그 방

법을 상상해보도록 했습니다(목표 의도+실행 의도 집단). 연휴가 끝난 후 실천 결

과를 비교해보니, 전자는 22%밖에 실천하지 못한 반면 후자는 무려 62%나 실천했

습니다.

'성적을 올리겠다'라는 결심과 함께 '구체적인 실천방법'을 생각해두면 실천

가능성은 무려 300%나 높아진답니다. 반대로 아무리 비장한 각오로

결심을 해도 구체적인 실천방법이 포함되지 않는다면 목표를

달성할 확률이 크게 떨어진답니다.

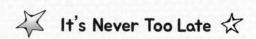

중요한 일을 먼저 하면
노는 물이 달라진다

부자는 투자를 먼저 하고 남은 돈을 쓰지만
빈자는 먼저 쓰고 남은 돈을 투자한다.

- 짐 론 Jim Rohn

온라인 커뮤니티에 떠도는 글 중에 '우리가 공부를 못하는 이유'라는 글이 있다.

1. 1년은 365일. 그중에 일요일이 52일 ⇒ 313일 남았다.

2. 여름방학초 · 중 · 고 · 대학 평균 60일 ⇒ 253일 남았다.

3. 하루 8시간의 수면, 122일 잠을 자면 ⇒ 131일 남았다.

4. 하루 1시간 운동 및 다른 일, 15일 ⇒ 116일 남았다.

5. 하루 2시간, 식사 및 군것질, 30일 ⇒ 이제 86일 남았다.

6. 시험기간 30일, 공부는 이때 하는 게 아니다 ⇒ 56일 남았다.

7. 겨울방학초 · 중 · 고 · 미국 대학 평균 25일 ⇒ 31일 남았다.

네 꿈과 행복은 10대에 결정된다

8. 다른 빨간 날설, 추석 등 20일 ⇒ 11일 남았다.

9. 아파서 못하는 날 8일 ⇒ 3일 남았다.

10. 초조와 공포에 떨며 성적표 기다리는 3일 ⇒ 결국 남은 날은 0일이다.

1년 365일을 위처럼 이런저런 핑계를 대다보면 공부할 수 있는 날은 0일이다. 공부를 잘하는 학생은 공부한 다음에 논다. 공부를 못하는 학생은 놀고 난 다음에 공부한다. 정말 못하는 학생들은 실컷 논다. 그리고 시간이 나면 쉰다. 그러면서 불평한다.

"공부 때문에 못살겠다."

노는 것도 때가 있다고 생각하면서 시도 때도 없이 놀기만 하는 학생들이 있다. 그런 사람은 하나는 알고, 둘은 모르는 사람이다. 왜냐하면 공부하는 것도 때가 있고 젊어서 놀기만 하면 나이 들어 제대로 놀 수 없다는 사실을 모르기 때문이다.

중요한 일To Do부터 '먼저 하라

오늘날의 청소년들은 과거 어느 때보다도 해야 할 일도 많고, 또 놀 수 있는 일도 많다. 학교 수업이 끝나면 밤늦게까지 학원에서 보충 수업을 하거나 집에서 과외 수업을 받아야 한다. 아니면 독서실에서 부족한 공부를 보충해야 한다. 그래야 경쟁에서 살아남을 수 있

화재가
발생했는데
대피보다
페북 방문자 수를
확인하고 있는
사람은 없다

인생도
마찬가지
탈출이든 공부든
온힘을
다해야 할
때가 있는 법

다. 놀 수 있는 일 또한 하루 24시간이 부족할 정도로 많다. 인터넷 서핑, 게임, 미팅, 영화 관람, 전화 통화, 카톡 등 놀기로 시간을 보낼 수 있는 일들 역시 무궁무진하다.

이 많은 일들 중 무엇부터 해야 할까? 할 일을 선택하는 첫 번째 기준은 일의 우선순위를 정해 중요한 것부터 먼저 하는 것이다.

시간이 무한하다면 우리는 실컷 놀면서도 해야 할 일을 얼마든지 할 수 있을 것이다. 그러나 시간은 언제나 필요한 양보다 적게 공급되는 자원이다. 이것이 우선순위를 정해서 일을 해야 하는 이유이다.

성공적인 삶을 사는 사람들은 모두 인생의 목표와 관련된 중요한 일부터 먼저 한다. 반면, 실패하는 모든 사람들은 목표와 무관한 재미있는 일을 먼저 하면서 시간을 탕진한다.

중요하지 않은 일Not To Do들은
과감하게 거부하라

공부만 한다고 반드시 성공하고 행복하게 사는 것은 아니다. 즐기면서 사는 것도 중요하지만 훗날 더 오래 즐기기 위해서는 우선순위를 따져 중요하지 않은 일들을 거부할 수 있어야 한다. 같은 학교에서 같은 교복을 입고 같은 교실에서 생활한다고 해서 앞으로도 비슷한 삶을 살아갈 것이라고 생각하면 그건 착각이다.

인생의 주인이 되고 싶다면 재미로 유혹하는 중요하지 않은 일들을 과감하게 거부할 수 있어야 한다. 그렇게 하면 조만간 시도 때도 없이 노는 친구들과는, '물이 다른 세상'에서 살게 될 것이다.

믿어지지 않는가? 그렇다면 당신의 부모에게 중·고등학교 졸업 앨범을 보여달라고 하고 그때의 동창들이 지금 어떻게 살고 있는지 물어보라. 그러면 한 물에서 놀던 친구들이 나중에는 얼마나 다른 세상에서 살게 될지를 예상해볼 수 있을 것이다. 200m 공기총 사격에서 조준각도를 0.8도만 틀어도 탄환은 타깃의 정중앙에서 완전히 벗어난다. 지금 하고 있는 생각을 1도만 바꾼다면 훗날 살게 될 세상이 완전히 달라진다는 사실을 명심하자.

중요한 것부터
먼저 하는 방법들

중요한 것을 미루고 당장 재미있는 일에만 몰두했던 것이 불행한 성인기를 보내고 있는 어른들의 공통적인 과거이다. 그러므로 중요한 일을 재미있는 일 속에 묻어두는 사람은 어리석은 사람이다.

당장의 욕구충족을 위해 재미있는 일만 하고 지낸다면 훗날 재미없는 일만 하면서 살게 될 것이다. 중요한 일들은 대개 당장은 재미가 없다. 성공하는 사람들은 실패하는 사람들이 싫어하는 일을 한다. 그들도 그 일이 싫기는 마찬가지다. 다만 목표의식 때문에 그 일을 한다. 그래서 결국 성공한다. 목표 달성에 도움이 되는 소중한 일들의 우선순위를 정하고 중요한 일을 먼저 하기 위해 유념해야 할 몇 가지를 살펴보자.

To Do List를 만든다 ● 원하는 것을 찾아보라. 부자가 되고 싶은가 Wanting? 그렇다면 부자가 되기 위해 지금부터 해야 할 일은 무엇인가 Doing? 목표를 이루고 싶다면 목표 달성을 위해 해야 할 가장 중요한 것이 무엇인지를 찾아내야 한다. 만약 ○○대학을 가는 것이 목표인가? 그렇다면 지금 그 대학을 가기 위해 해야 할 가장 중요한 일은 무엇인가?

Not To Do List를 만든다 ● 목표 달성을 위해 해야 할 중요한 일들의 목록을 만들었다면 이제는 목표 달성에 방해가 되는 일들을 찾아보자. 어찌 보면 하지 말아야 할 일이 해야 할 일을 찾는 것보다 훨씬 더 중요하다. 매일 작은 종이에 해야 할 일의 목록To Do List과 하지 말아야 할 일의 목록No To Do List을 만들어보자.

한 번에 하나씩만 한다 ● 나무젓가락 10개를 묶어 한꺼번에 부러뜨리기는 힘들다. 그러나 하나씩 부러뜨리면 식은 죽 먹기처럼 쉽다. 성공적인 사람들은 한 번에 한 가지씩 총력을 기울여 일을 처리한다. 일을 하나씩 처리하면 여러 가지 일을 한꺼번에 하는 것보다 훨씬 더 빠르고 쉽게 끝낼 수 있다. 그래서 결국 여러 가지를 할 수 있다. 목표가 무엇이든 한 번에 하나씩 각개 격파를 시도하라.

선택과 포기를 분명히 한다 ● 우리는 날마다 수없이 많은 일들을 선택해야 한다. 학교에 일찍 갈 것인가, 늦게 갈 것인가? 자장면을 먹을 것인가, 우동을 먹을 것인가? 수업을 들으면서도 마음은 딴 데 가 있는 학생들이 많다. 교실에 있기로 선택한 것은 그 시간에 다른 일을 하지 않기를 선택했다는 것이다. 그러니 교실에 있기를 선택했다면 거기서 해야 할 일만 생각하고 다른 일들은 잊어라. 성공하는 사람들은 선택하지 않은 것을 과감하게 포기할 줄 알고, 성공하는 기업 역시 선택과 집중을 통해 성과를 이루어낸다.

부자는 투자하고 남은 돈을 쓰는 반면, 빈자는 쓰고 난 다음에 남는 돈이 있으면 그때 투자하겠다고 한다. 부자와 빈자는 이 점이 다르다. 당신은 부자가 될 가능성이 많은가? 아니면 빈자로 살아갈 가능성이 많은가?

중요한 일을 먼저 하면 노는 물이 달라진다

성공하는 사람과 실패하는 사람은 일의 우선순위가 다릅
니다. 행복하고 성공한 삶을 살게 되는 사람들은 중요한 일을 먼저
합니다. 반면 불행하고 실패하는 삶을 살게 되는 사람들은 재미있는 일을
먼저 합니다.

성공하는 사람들 역시 하기 싫은 일은 하고 싶지 않지만 진정 원하는 것, 즉 목적의
식 때문에 '싫다'는 생각을 극복해내고 결국엔 하는 습관을 가지고 있습니다. 그들
은 어디서 어떤 일을 하건 성공할 가능성이 더 높습니다.

인생의 주인이 되고 싶다면 재미있고 유혹적이지만 중요하지 않은 일들을 과감
하게 거부하고 장기적인 관점에서 당장은 하기 싫지만 중요한 일을 먼저
할 줄 알아야 합니다. 그렇게 하면 훗날 시도 때도 없이 노는 친구들
과는 '물이 다른 세상'에서 살게 될 것입니다.

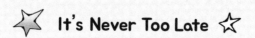

끝을 생각하면
시작이 달라진다

성공과 행복을 결정짓는 핵심 요인은
장기적인 시간 전망long time perspective이다.
— 에드워드 밴필드Edward Banfield

성공과 행복의 열쇠가 무엇인지 찾아내기 위한 연구를 50여 년이나 수행했던 하버드 대학의 에드워드 밴필드 박사는 "우리 사회에서 가장 성공한 사람은 10년, 20년 후의 미래를 생각하는 장기적인 전망을 갖고 있는 사람들이었다"고 말했다. 또한 일본의 저명한 경영 컨설턴트 간다 마사노리神田昌典도 "99%의 사람들은 현재를 보면서 미래가 어떻게 될지를 예측하고, 1%의 사람만이 미래를 내다보며 지금 어떻게 행동해야 할지 생각한다. 당연히 후자에 속하는 1% 사람만이 성공한다"고 말했다.

성공적인 삶을 살아가는 사람은 미래의 관점에서 현재를 바라볼 수 있는 능력을 가진 사람이다. 지금 무엇을 할 것인지를 결정하기 위해서는 먼저 자기가 원하는 미래의 모습을 가져야 한다. 그리고 미래의 관점에서 지금 이 순간에 해야 할 것을 선택해야 한다. 잠시 눈을 감아보자. 그리고 지금까지 자신이 살아온 삶의 역정을 되돌아보자. 만족스러운가? 아니면 그 반대인가?

마지막이라 생각하면
일상이 달라진다

어떻게 살아야 할지를 결정하기 위해서는 우선 죽음과 타협해야만 한다. 뜬금없이 웬 죽음이냐고? 왜냐하면 죽음이란 존재의 끝이기 때문이다. 우리가 행하는 행동은 얼마나 살 수 있다고 생각하는지와 밀접한 관계가 있다. 왜냐하면 남은 시간이 얼마인지에 따라 시간을 사용하는 방식이 달라지기 때문이다. 만약 현재의 삶이 만족스럽지 않다면 어떻게 살아왔는지, 그리고 어떻게 죽을 것인지를 검토해야 한다.

우리가 자신에 대해 가장 확실하게 알고 있는 세 가지가 있다. 첫째, 우리가 이 세상에 태어났다는 사실이다과거. 둘째, 언젠가는 죽는다는 것이다미래. 그리고 나머지 하나는 아직 죽지 않았다는 사실이다현재.

과거와 현재, 그리고 미래는 하나의 선으로 연결될 수 있는데 이것을 생명선이라고 하자. 그리고 이 생명선을 통해 우리의 삶을 검토해보자. 아래에 직선이 하나 그려져 있다. 왼쪽 끝은 '출생', 그리고 오른쪽 끝은 '사망'이라고 적어놓았다.

출생	현재	사망
0세	( )세	( )세

우선 우측 하단의 괄호 안에 예상되는 사망 시의 나이를 기입하자. 당신은 얼마나 오래 살 것으로 기대하는가? 언제까지 살 수 있는지를 정확하게 아는 사람은 이 세상에 아무도 없다. 하지만 자신이 몇 살까지 살 것 같은지 추측해서 기입하자. 오늘날은 100세 시대라고 하니 사망 나이를 100세로 잡아도 상관없다.

이번에는 생명선 위에 '현재'의 위치를 찾아 사선을 긋고 거기에다 현재의 나이를 기입하라. 그리고 지금까지 살아온 시간과 앞으로 살아갈 시간을 계산해서 생명선 위에 기입하라. 만약에 죽을 나이를 100세로 기입하고 현재 18세라면 앞으로 남아 있는 시간은 82년이 될 것이다. 지금까지 살아온 시기보다 네 배 이상의 시간이 남아 있다는 말이다.

이제 '현재'의 위치에서 왼쪽으로 눈을 천천히 움직이면서 지난 일들을 돌이켜보라. 온갖 사건들이 떠오를 것이다. 그것들은 당신의 역사이며 오늘의 당신을 만든 것들이다. 이제 당신은 지난 과거 중 그

어느 것도 바꿀 수 없다. 지금부터 바꿀 수 있는 것은 오직 '이 순간' 이후의 일들뿐이다. 지나온 날들보다 남은 날들이 몇 배나 더 많다는 사실을 명심하라. 바꿀 수 없는 것보다 바꿀 수 있는 것이 더 많다는 사실을 잊지 마라.

내가 원하는
나의 묘비명은?

이제 눈을 '오늘'의 위치에서 오른쪽으로 천천히 이동해서 '사망' 쪽으로 돌려보자. 앞으로 우리 앞에 어떤 일들이 벌어질지 아무도 모르며 우리는 그것을 선택할 수 없다. 그러나 우리의 태도와 행동은 얼마든지 우리 마음대로 선택할 수 있다. 그것을 위해서 해야 할 일이 한 가지가 있다. 지금 당장 죽는다면 자신의 묘비에 어떤 문안이 기록될 것인지를 생각해보는 것이다.

혹자는 앞날이 구만리 같은 사람에게 웬 묘비명이냐고 반발할지도 모르겠다. 그러나 시한부 인생을 선고받은 사람들이 한결같이 고백하는 말이 있다. 그것은 삶이 얼마 남지 않았다고 생각되면 일상이 이전과는 완전히 다르게 느껴지고, 예전과는 완전히 다른 방식으로 행동하게 된다는 것이다. 그래서 사는 법을 배우려면 반드시 죽음을 진지하게 생각해봐야 한다.

받아들이고 싶지는 않지만 아래와 같은 묘비명을 감수해야 하는 사람도 있을 것이다.

"김철수, ○○○○년생. 그는 하고 싶은 것과 갖고 싶은 것이 너무나 많았다. 그러나 학창 시절에 TV 시청과 인터넷 서핑, 그리고 게임을 하거나 빈둥거리면서 많은 시간을 낭비했다. 그러면서도 되는 일이 하나도 없다고 평생 투덜거리며 살았고, 마지막 순간까지 투덜거리다가 쓸쓸하게 여기 잠들어 있다."

반면, 상상만 해도 뿌듯한 묘비명도 있을 것이다.

"김효정, ○○○○년생. 그녀는 따뜻한 마음의 소유자로, 많은 사람들이 부러워하는 꿈을 이루고 엄청난 돈을 벌었다. 그리고 어려운 이웃을 위해 맘껏 돈을 쓰면서 한평생을 아름답게 보내다가 여기 평화롭게 잠들어 있다."

묘비명은 당신이 살아온 날들에 대한 남들의 평가일 수도 있고, 스스로의 평가일 수도 있다. 자신을 돌아보고 동기화시킬 수 있는 계기로 만들기 위해 묘비명을 상상해보는 일은 꼭 필요하다. 지금까지 살아온 날들보다 앞으로 살아갈 날이 더 많이 남은 10대 당신에게는 더욱 그렇다. 지금 다시 한 번 지난 세월을 되돌아보면서 그동안 시간을 어떻게 보냈는지 돌아보자. 그리고 앞으로 남아 있는 시간을 진지하게 바라보자.

로드맵을 그려보자,
많은 것이 달라진다

잠시 책 읽기를 멈추고 죽기 전에 꼭 이루고 싶은 꿈을 떠올려보자. 몇 살까지 어떤 꿈을 이루고 싶은가? 다음에 제시된 샘플을 참고해서 인생 로드맵 양식에 꿈을 이루고 싶은 목표 달성 연도와 나이를 기입하자. 그리고 최종 목표로부터 거꾸로 거슬러오면서 꿈을 이루기 위해 거쳐야 할 징검다리중간 목표들과 연도 및 나이를 기입하자. 다 그렸으면 그것을 책에서 떼어내 책상 앞이나 다이어리에 붙여놓고 수시로 들여다보자. 그리고 그 꿈을 이루기 위해 당장 할 수 있는 작은 일 한 가지씩을 찾아 하루 한 가지라도 실천에 옮겨보자.

그런데 아직 이루고 싶은 꿈이 명확하지 않다고? 상관없다. 대충 떠올려서 그리면 된다. 이루고 싶은 꿈이 명확해야 할 필요도 없고 로드맵을 완벽하게 그릴 필요도 없다. 완벽한 로드맵을 그려야 된다고 생각하면 오히려 그리고 싶은 생각이 달아나버릴 수도 있다. 당신은 아직 젊다. 아직 명확한 꿈을 찾지 못했다면 시간을 두고 찾아가면 된다. 로드맵이 완벽하지 않다면 수시로 수정해서 다시 그리면 된다.

다소 엉성하더라도 로드맵을 그려보면 정말 많은 것이 달라진다. 똑같은 일을 하면서도 다른 생각을 하게 되고, 하기 싫은 일과 하고 싶은 일도 달라진다. 길을 바꾸는 가장 효과적인 방법은 목적지를 바꾸는 것이고, 행동을 바꾸는 확실한 방법은 목표를 바꾸는 것이다. 당신의 인생 로드맵은 당신의 행동을 어떻게 바꿀 것 같은가?

로드맵 그리기

• • •

인생 START

끝을 생각하면 시작이 달라진다

당신은 몇 살까지 살 수 있을까요?

잠시 책 읽기를 멈추고 몇 살까지 어떤 삶을 살고 싶은지, 죽기 전에 꼭 이

루고 싶은 꿈이 무엇인지 떠올려 보십시오. 그리고 책에 제시된 샘플을 참고

해 인생 로드맵 양식에 꿈을 이루고 싶은 목표 달성 연도와 나이를 기입해보십시

오. 그다음에는 최종 목표로부터 거꾸로 거슬러오면서 꿈을 이루기 위해 거쳐야

할 중간 목표들과 연도 및 나이를 기입하십시오.

다 그렸으면 인생 로드맵을 책상 앞에 붙여놓고 수시로 들여다보십시오. 그리

고 그 꿈을 위해 당장 할 수 있는 작은 일 한 가지씩을 찾아 하루에 한 가지

만 실천해보십시오. 인생 로드맵을 작성하면 삶이 확실히 바뀝니다.

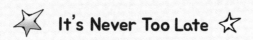

13

실패하지 않는
계획을 세우려면…

실패하기 위한 계획을 세우는 사람은 없다.
다만, 성공을 위한 계획을 세우지 못했을 뿐이다.
- 윌리엄 워드William Ward

몇 년 전, 한 조사기관에서 수능 상위 4% 이내의 성적이 우수한 학생들과 4% 이하의 학생들을 대상으로 평소 공부할 때 계획을 갖고 하는지 여부와 계획대로 실천하고 있는지에 대한 조사 결과를 발표한 적이 있다. '나만의 계획표를 갖고 있다'는 설문에 상위 4% 이내에 속하는 우수한 학생들은 94.1%, 성적이 우수하지 않은 학생들은 79.3%가 그렇다고 대답해 두 집단 간에 큰 차이를 보이지 않았다. 그러나 계획을 성실하게 수행했는지를 묻는 질문에는 두 집단이 판이하게 달랐다. 성적이 우수한 학생들은 79.9%가, 그렇지 못한 학생들은 단지 22.4%만이 그렇다고 답했다.

결론적으로 말하면 대부분의 학생들은 나름대로 계획을 세우기는 하지만, 성적이 우수한 학생들은 계획대로 실천한 반면, 그렇지 못한 학생들은 제대로 실천하지 못한다는 이야기다. 왜 그럴까? 여러 가지 이유가 있지만 그중에서 가장 중요한 이유는 성공한 사람들은 성공할 수밖에 없는 계획을 세우고, 실패한 사람들은 실패할 수밖에 없는 계획을 세우기 때문이다. 그러므로 계획대로 실천해서 원하는 목표를 달성하고 싶다면, 실패할 수밖에 없는 계획과 성공 가능성이 높은 계획의 차이점을 알아야 한다.

시간 중심적 계획 vs. 과제 중심적 계획

많은 학생들이 학업 계획을 짤 때 '8시에서 9시까지 영어, 9시에서 10시까지 수학' 식으로 계획표를 짠다. 그러나 중요한 것은 공부의 양이지 공부 시간이 아니다. 장사하는 사람에게 가게를 몇 시간 열어놓았느냐보다 중요한 것은 얼마나 많이 팔았느냐다. 학업 계획은 이처럼 시간 중심적 계획보다는 과제 중심적 계획, 즉 '1시간 동안 수학 공부'보다는 '수학 문제 10개 풀기' 식으로 짜는 게 더 효과적이다. 과제 중심적 계획은 세 가지 장점이 있다. 첫째, 빨리 끝마치기 위해 전력 투구하게 된다. 둘째, 주의 집중을 하기 때문에 효율성이 증가한다. 셋째, 자기 통제감과 성취감이 증가한다.

복잡하고 무리한 계획 vs.
단순하고 실현 가능한 계획

흔히 방학이 되면 학생들이 제일 먼저 만드는 것이 시계형 계획표이다. 이런 계획표에는 대개 아침 기상부터 저녁에 잠들 때까지 해야 할 여러 가지 일들로 빡빡하게 채워져 있다. 이처럼 지나치게 많은 내용을 계획표에 포함시키면 실천하기가 어렵다.

계획을 성공적으로 실천하려면 무엇보다도 처음부터 무리한 계획을 세우지 말아야 한다. 처음에는 별다른 노력을 기울이지 않고도 달성할 수 있는 정도로 계획을 세운다. 예를 들면 첫 주는 하루에 영어 단어 5개씩, 둘째 주는 10개씩으로 점차 늘려나가야 한다.

06:30 기상

07:30 아침식사

08:00~09:00 스트레칭 및 조깅

10:00~11:00 오전 공부 국어

11:00~12:00 영어회화 공부

12:00~13:00 점심 식사

13:00~13:30 휴식

14:00~15:00 오후 공부 수학

15:00~15:30 휴식

15:30~17:00 학원 월수금/미술, 화목/과외

17:00~18:00 독서 시간

18:00~18:30 저녁식사

18:30~19:30 TV 시청

19:30~21:00 저녁 공부

21:00~21:30 일기 쓰기

21:30~22:30 인터넷 사용

23:00 취침

삭막한 계획 vs. 재미있는 계획

지켜지지 않은 계획표들의 대부분은 지겹고 힘든 공부만으로 내용이 구성되어 있다. 이런 계획표는 들여다보고만 있어도 숨이 막힌다. 당연히 중도에 포기할 가능성이 크다. 계획표 속에는 자기가 하고 싶은 일, 즐길 수 있는 일들이 포함되어 있어야 한다. 계획을 실천에 옮기는 데 번번이 실패한 학생이라면 처음에는 자기가 좋아하는 일만을 계획에 포함시켜라. 예를 들면 정말 보고 싶은 TV 시청, 친구와의 전화 통화, 영화 보기, 낮잠 자기, 음악 듣기 등에 대한 계획을 세우고 계획대로 실천해보라. 그러면 자기 통제감이 느껴질 것이다. 그러다 보면 우리 마음속에 '~을 해냈다면 ~도 할 수 있다'는 생각이 자리를 잡게 된다. 결심한 대로 실천할 수 있다는 자기 통제감을 갖게 되면 하기 싫은 공부도 계획대로 실천할 수 있다.

내일을 위한 계획 vs. 오늘이 포함된 계획

우리가 계획을 지키지 못하는 것은 게으르거나 의지가 박약해서가 아니라 계획 속에 오늘을 포함시키지 않기 때문인 경우가 많다. '오늘 할 일'을 계획하는 것이 아니라 '내일 할 일'을 계획하기 때문이다. 경영학의 아버지 피터 드러커는 이렇게 말했다. "계획이 미래의 의사결정에 관련된 것이라는 생각은 틀렸다. 그러니 우리는 '내일 무엇을 해야 하는가'가 아니라 '내일을 위해 오늘 무엇을 해야만 하는가'를 결정해야 한다. 내일을 계획하기는 쉽다. 이는 즐거울지는 몰라도 무익한 일이다." 계획을 성공적으로 실천하려면 내일 해야 할 일을 어떤 식으로든 오늘 속에 끼워 넣어야 한다.

네 꿈과 행복은 10대에 결정된다

미래형 계획 vs.
현재형 계획

계획이란 말 그대로 앞으로 할 일들을 계획하는 것이다. 그러나 '내일부터' 실천하겠다는 계획은 '지금 이 순간부터' 실시할 수 있는 계획보다 실패 가능성이 높다. 만약 당신이 30세까지 1억 원을 모을 계획을 세운다면 '취직을 해서 첫 번째 봉급을 받은 다음부터'라는 계획을 세우면 안 된다. 지금 당장 1만 원이라도 들고 은행에 가서 통장을 개설하는 일부터 계획에 포함시켜야 한다.

공개적으로 선언하면
실패하기 어렵다

심리학자 스티븐 헤이스Steven C. Hayes는 대학생들을 대상으로 목표를 공개한 학생들이 더 좋은 성적을 받는다는 사실을 확인했다. 첫 번째 집단은 자기가 받고 싶은 목표 점수를 다른 학생들에게 공개하도록 했다. 두 번째 집단은 목표 점수를 마음속으로만 생각하게 했다. 세 번째 집단은 목표 점수에 대한 어떤 요청도 하지 않았다. 연구 결과, 결심을 공개한 집단이 다른 두 집단보다 현저하게 더 높은 점수를 받았다. 결심을 마음속에 간직한 집단은 아예 결심을 하지 않은 집단과 통계상 차이가 없었다. 은밀한 결심은 하지 않은 것과 같다는 이야기다.

'내일부터 아침 6시에 일어날 거야'라고 혼자서 마음속으로만 다짐하는 것보다 "아빠, 전 내일부터 반드시 6시에 일어날 거예요"라고 가족들 앞에서 공개적으로 선언하는 것이 실천 가능성을 높인다. 결심을 쉽게 번복하고 싶다면 은밀하게 계획하라. 그러나 성공적으로 실행에 옮기고 싶다면 다른 사람에게 선언하라. 특히 잘 보이고 싶은 사람이나 체면을 지켜야 되는 사람 앞에서 공개적으로 선언하라. 왜? 사람들은 좋아하는 사람들이나 체면을 지켜야 되는 사람들 앞에서는 더욱 자기 말에 책임을 지려고 하니까. 지금 당신이 반드시 실천하고 싶은 결심은 무엇인가? 결심을 반드시 실천하기 위해 어떤 방법으로 공개 선언을 하겠는가?

실패하지 않는 계획을 세우려면…

늘 계획을 세우지만 계획대로 실천하기 어려운가요?

그렇다면 좋은 방법이 있습니다. 처음에는 좋아하는 일, 쉬운 일만

을 계획에 포함시켜보십시오. '몇 시부터 몇 시까지 영화보기' 또는 '친구와

30분만 통화하기' 등 실천 가능한 재미있고 쉬운 계획을 세워 그 계획대로 실천

해보십시오. 어떤 일이든 계획대로 생활하는 습관을 들이다 보면 우리 마음속에 '~

을 해냈다면 ~도 할 수 있다'라는 생각이 자리를 잡게 됩니다. 심리학에서는 이것을

'자기 통제감'이라고 한답니다.

좋아하는 일, 쉬운 일을 통해 결심한 대로 실천할 수 있다는 자기 통제감을 확

실히 갖게 되면 하기 싫은 공부나 운동도 계획대로 실천할 수 있습니다.

오늘 당장 실천할 수 있는 재미있는 일, 쉬운 일로 작은 계획을 세

워보세요.

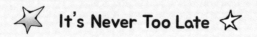

나는 넘어졌다
고로 나는 일어선다

아무리 명확한 목표를 세우고 체계적으로 실천 계획을 짠다고 해도 우리는 종종 실패한다. 예를 들어 새해 첫날, 올해는 기필코 성적을 올리겠다는 다짐을 하고 계획을 세웠지만, 작심삼일로 끝날 수 있다. 혹은 이번 주에는 절대로 컴퓨터 게임을 하지 않겠다고 다짐했지만 다짐한 날조차도 게임의 유혹을 이기지 못하고 게임을 해버릴 수도 있다.

만일 당신이 이렇다면 어떨까? 스스로 부끄럽다는 생각을 하면서 '계획, 세워봤자 헛일이야' 하면서 계획한 일을 포기하고 싶은 충동이 생길 것이다. 번번이 스스로의 다짐을 저버린 자신을, 끈기가 없거나 결단력이 없다고 여기면서 자책감에 빠질 것이다.

누구나 가끔씩
잘못된 결정을 내린다

당신이 끈기가 없다고? 나는 그렇게 생각하지 않는다. 우리 모두는 아주 어렸을 때부터 수많은 실패를 통해 배우고 성장해왔다. 끈기는 우리 모두가 유아기 때부터 갖고 태어나는 특징이다. 우리가 어떻게 걷는 것을 배웠는가? 엎어지고 넘어지면서도 끈기 있게 걸음마를 연습했기 때문이다. 넘어지지 않은 아이는 결코 걸을 수 없다.

스스로 끈기가 없다고 결론 내리는 것은 잘못된 판단이다. 지금까지 뭔가를 시도했다가 실패하고, 그래서 포기했다면 그것은 단지 끈기를 발휘해야 할 제대로 된 이유를 찾지 못하고 아직 효과적인 방법을 배우지 못했기 때문이다.

계획대로 일을 해내지 못했다고 해서 자책할 필요는 없다. 누구나 날마다 실수하며 누구나 매사를 계획대로 처리하지는 못한다. 그리고 언제나 옳은 결정을 하는 사람도 없으며 모든 문제를 해결할 수 있는 사람 역시 없다.

우리 모두는 가끔씩 잘못된 결정을 내린다. 그것이 자연스러운 인생이다. 실패란 미래에 부딪힐 문제에 대해 보다 나은 의사결정과 해결책을 찾게 해주는 기회이다.

자전거를 탈 수 있는 사람이라면 그것을 처음 배울 때를 회상하라. 넘어지지 않으면서 자전거 타는 것을 배울 수 있었는가? 넘어져서 무릎이 깨졌다고 해서 포기했는가? 그렇지는 않았을 것이다. 넘어졌지만 포기하지 않았기 때문에 지금 자전거를 탈 수 있는 것이다. 뭐든 제대로 하려면 반드시 실패하는 과정을 거쳐야 한다.

과거는 지나가고
새로운 내일이 찾아온다

대다수의 사람들은 '실패는 나쁘다'라는 부정적인 관점을 갖고 있다. 그리고 실수하지 않는 것이 가장 이상적이라고 생각한다. 정말 그럴까?《놓치고 싶지 않은 나의 꿈 나의 인생*Think and Grow Rich*》의 저자 나폴레온 힐은 에디슨을 처음으로 인터뷰했을 때를 떠올리며 다음과 같이 말했다.

"에디슨 선생님, 전구를 발명하려고 수천 번에 걸쳐 실패했던 사실에 대해 어떻게 생각하십니까?"

"뭐라고요? 저는 단 한 번의 실패도 한 적이 없는데요. 단지 결과가 좋지 않은 수천 번의 실험을 한 것일 뿐입니다. 좋은 결과를 얻기 위해 충분한 학습을 거쳐야 했습니다. 그리고 그것은 오히려 전구를 만들지 못하는 수천 가지 방법을 잇달아 발견한 것이라고 할 수 있습니다."

실패를 바라보는 에디슨의 긍정적인 태도가 그를 역사상 가장 위대한 발명왕으로 만들었다. 성공한 사람들이라고 해서 실패를 하지 않는 것이 아니다. 그들은 다만 실패를 바라보는 관점과 실패를 다루는 방식에서 실패하는 사람들하고 다르다. 계획했던 일들이 마음대로 안 될 때 그래서 포기하고 싶은 충동이 들 때 자신에게 이렇게 말하자. "또 한 번의 실험을 마쳤다. 이제 더 나은 실험을 해볼 차례다." 계획을 다시 검토하고 실패한 이유를 찾는 것은 좋지만 실패에 너무 연연하거나 지나치게 자책하지는 말자.

여전히 가능성은
남아 있다

길을 잘못 들었다면 되돌아가면 된다. 잘못 들어선 길을 계속 가거나 거기서 주저앉을 필요는 없다. 공부를 하는 과정도 길을 찾아가는 것과 같다. 목표 달성에 실패했다면 이유를 찾아보고 더 좋은 방법을 찾으면 된다.

보다 효과적인 방법을 어떻게 찾느냐고? 나는 다음과 같은 방법을 제안하고 싶다. 사소한 문제일지라도 해결 가능성을 다양하게 탐색해 보는 습관을 들이는 것이다.

예컨대, 영어 단어 20개를 외워야 한다고 생각하라. 잠시 눈을 감고 지금까지 당신이 사용해왔던 방법이 몇 가지나 되는지를 떠올려보자. 어떤 사람은 쓰면서 외우는 방법밖에 없다고 할 것이고 다른 사람은 서너 가지의 다른 방법을 갖고 있다고 말할 것이다. 몇 가지라도 상관

없다.

이제 단어를 외우는 데 도움이 될 수 있는 다섯 가지 방법을 생각해보자. 다음과 같은 대안들을 떠올릴 수 있을 것이다. "쓰면서 외운다." "단어를 써서 여기 저기 붙여놓는다." "녹음해서 듣는다." "외운 단어를 친구나 식구들에게 설명해준다." "동생에게 외울 단어가 적힌 종이를 주면서 물어보게 한다."

단지 한 가지 방법만을 사용하는 사람과 여러 가지 가능한 대안을 갖고 있는 사람 중 어떤 사람이 목표를 달성하기가 쉬울까? 물론 말할 것도 없이 후자이다. 모든 가능성을 다 시도해보았다고 생각할 때조차도 이 한 가지를 명심할 필요가 있다. "여전히 가능성은 남아 있다."

공부하다 지겨워지면
플랜B를 마련하자

첫째도 공부, 둘째도 공부, 셋째도 공부… '전교 1등' 하면 떠오르는 이미지다. 하지만 1등 같지 않은 1등도 있다. 고등학교 1학년, 전교 1등인 K양은 연예인에 열광하고, 친구들과 수다를 떠느라 몇 시간씩을 보내기도 한다. 하지만 공부할 때 반드시 지키는 원칙이 하나 있다. 공부를 시작하기 전에 반드시 2~3분 정도 시간을 내서 공부 중에 집중력이 흐트러졌을 때의 대처방안을 미리 마련하는 것이다. '영어 문법을 공부하다 지겨워지면 30분간 미드를 시청하면서 영어 회화를 공부해야지', '화학 공부를 하다가 졸리면 10분간 스트레칭을 해야지'란 식으로 돌발 사태에 대한 대비책을 미리 챙겨놓는 것이다. 이처럼 만약의 사태에 대한 대비책을 마련하는 것을 'Plan-BBack-up Plan'라고 한다. 공부를 꾸준히 한다는 것은 아무리 공부를 좋아하는 사람에게도 쉬운 일이 아니다. 하지만 이렇게 미리 대비책을 만들어놓으면 슬럼프에 빠져 시간을 낭비하는 것을 쉽게 막을 수 있다.

실패한 자리에서 주저앉을 것인지, 다시 일어나 뭔가 다른 방법이 있다는 것을 믿고 그것을 찾을 것인지, 선택권은 늘 자신에게 있다. 마음을 가라앉히고 차분히 대안적인 해결 방법들을 찾아보면 아직도 많은 가능성이 존재한다는 사실을 알게 될 것이다.

DNA가 유전에 관여한다는 사실을 처음으로 발견한 미생물학자 오즈월드 에이버리Oswald Avery는 수년간 수많은 실험을 했지만 계속 실패를 거듭했다. 그런데도 그는 포기하지 않고 계속 실험에 매달렸다. 주변에서 지켜보던 사람들이 안타까워 그에게 포기하고 싶지 않냐고 걱정스럽게 물었다. 그랬더니 에이버리는 태연하게 대답했다. "전혀요, 저는 넘어질 때마다 뭔가를 주워서 일어나거든요."

인생은 실패할 때 끝나는 것이 아니라 포기할 때 끝나는 것이다. 당신이 실패한 일, 그러나 결코 포기하지 말아야 할 일은 무엇인가?

나는 넘어졌다, 고로 나는 일어선다

계획을 세웠지만 작심삼일로 끝날 때가 많죠? 이번 주에는 절대로 컴퓨터 게임을 하지 않겠다고 다짐했지만 그다음 날 유혹을 이기지 못하고 게임을 할 때도 있습니다.

이럴 때 스스로를 의지박약이라고 자책하면서 포기하는 학생들이 많습니다. 그렇게 스스로를 낙인을 찍어선 안 됩니다. 뭔가를 시도했다가 실패했다면 그건 아직 끝까지 실천할 수 있는 효과적인 방법을 배우지 못했기 때문입니다.

자신에게 이렇게 말해보세요. "단지 한 번의 실험을 마쳤을 뿐이다. 이제 더 나은 실험을 해볼 차례다." 몇 번의 실패로 주저앉을 것인지, 더 좋은 방법을 찾아 다시 일어날 것인지, 선택권은 늘 우리 자신에게 있습니다. 더 이상 가능성이 없다고 생각될 때조차도 여전히 가능성은 남아 있습니다.

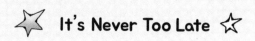
It's Never Too Late

3부

시간을 지배하면
인생이 달라진다

아들아,

시간은 다른 사람에게 빌릴 수도, 돈을 주고 살 수도 없다.

매순간 철저하게 소멸되어 버린다.

돌이킬 수도 저장해서 나중에 쓸 수도 없다.

우리의 운명은 모든 사람에게 공평하게 분배되는

하루 24시간을 어떻게 쓰느냐에 따라 결정된단다.

무엇이 시간을
낭비하게 하는가?

네가 헛되이 보낸 오늘은 어제 죽어간 이들이
그토록 살고 싶어 했던 내일이다.

– 랠프 월도 에머슨Ralph Waldo Emerson

강의 : 3시간

식사 준비 및 식사, 빨래 : 3시간 50분

인터넷 게임, 웹 서핑 : 2시간 14분

친구, 선후배와 만남음주 포함 : 2시간 45분

전화 통화, TV 시청 : 2시간

도서관에서 신문, 잡지 보기 : 1시간 30분

자료 찾기와 리포트 작성 : 1시간 20분

생각 없이 빈둥거리거나 누워 있기 : 1시간 10분

통학 시간과 기타 : 1시간 20분

수면 : 5시간 51분

"저는 평소에 잠을 적게 자며 이것저것 바쁘게 지내기 때문에 매일 굉장히 부지런하게 생활한다고 생각했습니다. 그런데 하루 일과를 꼼꼼히 정리하다 보니 너무 많은 시간을 낭비하고 있다는 사실을 알게 되었습니다. 강의 시간 3시간을 빼고 나면 혼자서 공부하는 시간이 1시간 20분밖에 되지 않는다는 사실을 알고 정말 놀랐습니다."

위 내용은 내 강의를 듣는 학생 중 한 명이 시간관리를 위해 하루 일정을 관찰하고 기록한 다음, 소감과 함께 제출한 과제 내용 중 일부이다. 시간을 효율적으로 관리하고 싶다면 시간이 낭비되는 원인을 찾아보고, 우리가 하루를 어떻게 보내고 있는지 면밀하게 관찰해야 한다.

시간을 낭비하게 하는 요인들

우리가 걱정해야 하는 것은 하루가 24시간으로 제한되어 있다는 것도, 시간이 항상 부족하다는 것도 아니다. 시간은 누구에게나 공평하게 주어져 있다. 문제가 되는 것은 시간을 잘못된 방법으로 사용하고 있다는 것이다. 많은 학생들이 자신에게 별로 도움이 되지 않는 일에 많은 시간을 낭비하고 있다.

아름다운 조각품을 만든 미켈란젤로에게 어떤 사람이 물었다.

"어떻게 그런 훌륭한 작품을 만들어낼 수 있습니까?"

미켈란젤로는 이렇게 말했다.

"그 형상은 처음부터 화강암 속에 있었습니다. 나는 단지 필요 없는 부분들만 깎아냈을 뿐입니다."

시간관리 역시 마찬가지다. 자신에게 가장 중요한 일에 쓸 수 있는 시간을 더 많이 가질 수 있는 방법은 낭비되는 시간을 제거하는 것이다. 이것이 저명한 시간관리 전문가인 제프리 메이어Jeffrey Mayer가 주장하는 '빼기에 의한 더하기 원리Plus by Minus Principle'이다. 낭비되는 시간을 제거하기 위해서는 시간을 낭비하는 이유를 먼저 알아야 한다.

시간은 무한하다고 생각한다 ● 하루가 24시간으로 제한되어 있다는 사실을 모르는 사람은 없다. 그러나 많은 사람들은 '새털같이 많은 날', '시간이 좀먹나'라고 생각하면서 하루하루를 허비하며 보낸다. 사실 시간은 무한하다. 그러나 우리에게 주어진 시간은 유한하다는 사실을 잊지 말아야 한다.

즉각적인 욕구 충족을 중시한다 ● 실패하는 사람들은 현재의 관점에서 당장의 욕구 충족을 위해 시간을 낭비한다. 그래서 내일이 시험인데도 인터넷이나 게임 또는 친구들과의 수다 떨기 같은 사소한 일들로 시간을 보낸다. 반면 성공하는 사람들은 장기적인 관점에서 더 큰 보상을 줄 수 있는 일에 시간을 투자한다. 앞서 말했듯이 시간을 현명하게 사용하는 사람들은 항상 미래의 관점에서 생각하고, 중요한 일을 우선적으로 선택한다.

불필요한 부탁을 거절하지 못한다 ● 주변의 많은 사람들이 우리에게 시간을 요구한다. 친구가 잡담을 걸어오기도 하고, 함께 놀자고 부탁하기도 하고, 쓸데없는 전화가 걸려오기도 한다. 돈 몇 푼 빌려달라는 부탁은 쉽게 거절하는 사람도, 소중한 시간을 강요하는 불필요한 부탁은 제대로 거절하지 못하는 경우가 많다. 자신을 시간 낭비로부터 보호하는 가장 성공적인 방법은 불필요한 요구에 단호하게 "No"라고 말하는 것이다.

즉시 처리하지 않고 무엇이든 미룬다 ● 많은 학생들이 꼭 할 일이 있어도 마감 시간이 될 때까지 미루기 일쑤다. 그러나 준비물을 챙기는 것이건 숙제를 하는 것이건 반드시 해야 할 일은 가능한 즉시 처리하는 것이 좋다. 해야 할 일을 미루고 있으면 그것을 잊어버리지 않기 위해 시간과 에너지를 소모해야 하기 때문이다. 그래서 나는 이메일도 가능한 받는 즉시 답장을 보낸다. 그리고 답장을 보내지 않아도 되는 메일은 즉시 삭제한다.

시간을 어떻게 사용하고 있는지 관심이 없다 ● 무슨 일로 얼마나 많은 시간을 쓰면서 하루를 보냈는지 구체적으로 확인해본 적이 있는가? 시간을 낭비하게 되는 가장 중요한 요인 중의 하나는 자신이 하루의 시간을 어떻게 보내는지 구체적으로 알지 못한다는 것이다. 시간 낭비를 줄이려면 무엇보다도 먼저 얼마나 많은 시간을 낭비하고 있는지 구체적으로 파악해야 한다.

아침에 일어나 잠들 때까지 하루를 어떻게 보내는지 확인해보자. 각각의 활동 내용을 적고 유용하게 사용한 시간과 헛되이 낭비한 시간을 비교해보자.

활동 내용	시작 시간 – 끝 시간	소요 시간

유용한 시간 =　　시간　　분　　VS.　　낭비한 시간 =　　시간　　분

네 꿈과 행복은 10대에 결정된다

무엇이 시간을 낭비하게 하는가?

시간은 이 세상 모든 사람에게 공평하게 분배된 것으로, 다른 사람에게 돈을 주고 살 수도 없고, 뺏을 수도 없고, 빌릴 수도 없는 가장 소중한 자원입니다.

인생의 성패는 바로 이 한정된 하루 24시간을 어떻게 사용하느냐에 의해 결정됩니다. 성공하는 사람들은 중요한 일에 더 많은 시간을 투자하고, 실패하는 사람들은 중요하지 않은 일에 더 많은 시간을 투자합니다.

중요한 일에 쓸 수 있는 시간을 더 많이 만들어낼 수 있는 유일한 방법은 중요하지 않은 일에 허비하고 있는 시간을 줄이는 것인데요, 이를 '빼기에 의한 더하기 원리'라고 합니다. 그러니 성공하고 싶다면 중요하지 않은 일에 허비하고 있는 시간부터 줄여야 하겠죠?

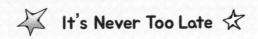

잠을 줄이기보다
자투리 시간을 활용하자

시간이 부족하다고 가장 많이 불평하는 사람은
시간을 가장 엉망으로 쓰는 사람이다.
- 라 브뤼에르 La Bruyère

내가 지도하는 대학원생들 중에는 시간이 부족하다고 하소연하는 학생들이 많다. 사실 내 학생들 대부분은 밤늦게까지 공부하며 주말이나 일요일에도 연구실에 나와 공부한다. 그중 많은 학생들은 잠자는 시간까지 줄여서 공부한다. 그런데 재미있는 일 가운데 하나는 잠자는 시간은 아까워하면서도 많은 학생들이 자투리 시간을 별생각 없이 낭비한다는 것이다. '4당 5락'이라는 말이 있다. 잠을 5시간씩이나 자면 대학에 합격할 수 없다는 말이다. 그러나 잠을 줄이기 전에 먼저 자투리 시간의 활용법부터 찾아봐야 한다.

시간은 다른 자원과 달리 모든 사람에게 하루에 24시간씩 공평하게 분배되는 한정된 자원이다. 어떤 식으로든 시간의 공급은 늘릴 수가 없다. 시간은 다른 사람에게 빌릴 수도, 돈을 주고 살 수도 없다. 게다가 주어진 시간은 매순간 철저하게 소멸되는 것으로서 저장해서 나중에 쓸 수도 없다. 어제의 시간은 영원히 지나가버리고 결코 되돌아오지 않는다.

그런데도 너무나 많은 사람들이 이같이 대체 불가능한, 그리고 돈을 주고 살 수도 없는 시간을 아무렇게나 허비하고 있다. 친구에게 자장면을 사줄 때 들어가는 돈 몇 푼은 아까워하면서도 돈으로 살 수 없는 시간은 아까워하지 않는다. 안타깝기가 그지없는 일이다. 아마도 시간은 돈이 들지 않는다고 생각하기 때문일 것이다.

오래전, 서울대학교에서 카운슬러로 근무할 때였다. 성적이 우수해서 장학금을 받은 학생들과 성적이 나빠 학사 징계를 받았던 학생들의 생활 태도를 비교 분석한 적이 있었다. 두 집단 간에는 여러 가지 차이점이 있었다. 그 가운데 하나가 강의가 없는 시간과 통학 시간 같은 자투리 시간을 이용하는 방식이었다. 성적이 우수한 학생들 중에는 공강 시간 동안 지난 시간에 배웠던 내용을 가볍게 훑어본다거나 다가올 수업 내용을 예습하는 학생들이 많았다. 또 버스를 탈 때나 걸어다닐 때, 식당에서 줄을 서서 기다릴 때도 머릿속으로 공부했던 내용을 검토하는 등 다른 일을 할 때도 머리를 놀리지 않는 것으로 나타났다. 그러나 학사 징계를 받은 학생들 중에는 이렇게 자투리 시간을 이용하는 학생들이 거의 없었다.

승패는 자투리 시간을
어떻게 쓰느냐에 달려 있다

'자투리'란 말은 팔거나 쓰거나 하다가 남은 천의 조각을 말한다. 자투리 천은 가게에서 팔다가 남은 작은 천 조각들이기 때문에 대부분 버려진다. 그러나 자투리 천도 잘만 이용하면 예쁜 인형이나 방석 등 훌륭한 작품을 만들 수 있다. 중요한 일들 사이사이에 끼어 있어 사람들이 그냥 흘려보내기 쉬운, 자투리 시간도 마찬가지다. 대부분의 사람들은 자투리 시간을 의미 없이 흘려보내지만 성공한 소수의 사람들은 그것을 소중히 활용해서 멋진 인생을 만들어낸다.

"바쁘다, 바빠"라는 말을 입에 달고 다니면서도 그날 하루를 정산해보면 해놓은 게 없다는 생각이 들지는 않는가? 만약 그렇다면 하루의 대부분을 자투리로 잘라서 그것을 제대로 사용하지 못했다는 것을 시인해야 한다. 누구도 하루를 24시간 이상으로 늘릴 수는 없다. 우리가 할 수 있는 일은 24시간을 제대로 이용하는 것이다. 24시간을 제대로 이용하는 것은 결코 잠을 줄이는 것이 아니다. 깨어 있는 시간을 제대로 이용하는 것이다. 하루 8시간을 잔다면 16시간을 깨어 있는 셈이 된다. 그렇다고 16시간 동안 공부만 하는 것은 아니다. 사이사이에 식사, 통학, 기다리기, 쉬는 시간 등 수없이 많은 자투리 시간이 끼어 있다. 시간을 효율적으로 활용하는 학생과 그렇지 않은 학생을 구분하는 특성 중 자투리 시간의 관리만큼 중요한 것은 없다.

언젠가 시간 관리에 대해 강의를 하면서 학생들에게 하루의 시간을 어떻게 사용하는지 추측해보고 그것을 종이에 쓰라고 지시했다. 그리고 다음날 하루 동안, 실제로 시간을 어떻게 사용하는지를 구체적으로 기록하게 했다. 추측한 결과와 실제로 사용한 내역을 비교해보니, 자신의 시간 사용에 대한 추측과 실제로 사용한 시간이 일치하는 경우는 거의 없었다.

대부분의 학생들은 하루의 시간 사용 내역을 추측할 때 수업이나 통학 시간 등 소모 시간이 많은 내용들만을 기억해냈다. 대신 수다 떨기나 공상하기, 빈둥거리기 등 사소한 일이나 뚜렷하게 한 일이 없는 시간은 거의 기억해내지 못했다. 그리고 공부에 사용하는 시간도 추측한 정도와 기록된 내용 간에 차이가 많았다.

결론적으로 말하면 사람들은 자기가 실제로 사용하고 있는 시간을 제대로 파악하지 못하고 있다. 자투리 시간을 효과적으로 관리하기 위해서는 하루를 무엇을 하면서 보내는지, 그리고 얼마나 많은 시간들이 자투리로 허비되는지를 파악해야만 한다. 다음의 몇 가지 예를 참고해서 자투리 시간 목록을 만들고, 거기에 사용되는 시간을 점검해 보자.

자투리 시간 찾아보기

• • •

통학 시간, 잡담하기, 빈둥거리기, 장난치기, 세면이나 목욕, 화장실 이용, 줄서서 기다리기, 걷기, 누군가를 기다리기, 공상하기, 침대에서 뒤척거리기, 식사나 차 마시기, 음악 듣기, 수업 전후 비는 시간…

자투리 시간 15분,
1년만 제대로 활용하면…

　　미국의 시간 관리 전문가 마이클 포터Michael Porter가 사람들의 시간 사용 내역을 조사한 결과, 미국인들은 70평생 동안 실제적으로 유용하게 쓰는 시간이 고작 '27년'에 불과하다고 한다. 평균적으로 줄서는 데 보내는 시간 5년, 신호등 대기에 6개월, 전화 바꿔주는 데 2년, 가사에 4년, 먹는 데 6년, 잠자는 데 23년 등 이를 모두 합치면 무려 '43년'이 되며 하루 24시간 중 자신이 활용할 수 있는 시간은 '9시간'에 불과하다고 한다. 이렇게 흘려보내는 시간에 조금만 주의를 기울이면 우리는 얼마든지 남다른 일을 해낼 수 있다.

　　'오슬러 결절', '오슬러씨 병' 등으로 유명한 캐나다 의사 오슬러 William Osler는 잠자리에 들기 15분 전에 항상 독서를 하는 습관이 있었다. 하루의 1%에 불과한 15분도 날마다 계속하면 결코 무시할 수 없는 시간이 된다는 생각 때문이었다. 오슬러의 계산에 따르면 일반인의 평균 독서 속도는 1분에 300자가량 되니까, 15분 동안의 독서량은 4500자가량이 된다. 일주일에 3만 5천자, 한 달에 12만 6천자, 1년이면 151만 2천자, 책 한 권의 글자 수를 7만 5000자로 계산하면 하루 15분씩 1년이면 20권의 책을 읽을 수 있다.

　　자투리 시간으로 버려지는 하루 1%, 15분만 매일 투자하면 1년이 지나면 한 분야의 전문가가 될 수도 있고, 3년을 지속하면 그 분야의 책을 한 권 쓸 수도 있다. 그러니 자투리 시간을 그냥 허비하지 말자.

네 꿈과 행복은 10대에 결정된다

자투리 시간을 이용하는 것은 반드시 그 시간에 책을 읽거나 단어를 외우라는 말이 아니다. 머리를 놀리지 말라는 말이다. 또 한시도 쉬지 말라는 말도 아니다. 그렇다면 삶이 너무 고달파질 것이다. 내가 하고자 하는 말은 잘만 이용하면 소중하게 쓰일 수 있는 자투리 시간을 아무 의미 없이 흘려보내지 말자는 것이다. 옥스퍼드대학의 올 소울 즈 칼리지All Souls' College 시계탑에는 이런 글이 적혀 있다.

"사라지는 시간은 우리의 책임이다."

자투리 시간, 이렇게 활용하자

자투리 시간이 얼마나 많은지를 알고 있어도 그 시간을 어떻게 이용할 것인지를 모른다면 허사다. 그래서 자투리 시간을 어떻게 사용할지를 생각해야 한다. 통학할 때 생기는 자투리 시간을 이용하기 위해서는 영어 단어나 한자 등을 적어 놓은 작은 암기장을 들고 다니면 좋다. 스마트폰을 활용해도 좋다. 은행이나 극장 앞에서 줄을 설 때, 또는 누군가를 기다릴 때를 대비해서 항상 읽을거리를 준비하라. 그러면 기다리는 시간도 지루하지 않고 뭔가 했다는 뿌듯함을 느낄 수도 있을 것이다. 화장실이나 공부방 벽 여기저기에는 공부해야 할 것들을 붙여보자. 그러면 별 생각 없이 허비되는 많은 시간이 당신의 것이 될 것이다.

수업이 끝나고 잠시 쉬는 시간 역시 요긴하게 쓸 수 있다. 이 몇 분의 자투리 시간만으로도 얼마든지 예습과 복습을 할 수 있다. 10분밖에 안 되는 이 시간에 어떻게 그것이 가능하냐고? 책을 편 다음에 큰 제목과 작은 제목이나 강조된 주요 개념들만 한 번 훑어보라. 그리고 그것들이 어떤 연관성을 가지고 있는지 짐작해보라. 그것만으로도 훌륭한 예습이 된다.

수업이 끝나기가 무섭게 책상을 박차고 나가는 학생들이 많다. 수업이 끝나면 잠시 엉덩이를 의자에 붙여보라. 그리고 그 시간에 배웠던 내용을 잠시 머릿속으로 생각해보라. 중요한 것이 무엇인지, 기억되는 것과 기억되지 않은 것이 무엇인지를 검토하라. 그렇게 하면 더 많은 시간을 자유롭게 쓸 수 있을 것이다.

자투리 시간을 이용하는 또 하나의 방법은 스마트폰의 녹음과 재생기능을 사용하는 것이다. 버스에서, 길거리에서, 이어폰을 귀에 꼽고 다니는 학생들이 눈에 많이 띈다. 그들 중 대부분은 음악을 듣는다. 그러나 일부의 학생들은 원소 기호나, 영어 단어, 또는 외국어 회화가 녹음된 파일을 듣는다. 내 경험으로는 읽거나 쓰면서 공부하기 어려운 상황에서는 자신이 스스로 공부한 내용을 녹음한 것을 듣는 것이 가장 효과적이었다. 스스로 녹음한 내용을 듣는 것은 책을 보는 것과 달리 신선한 느낌을 준다. 남이 부른 노래만을 들으면서 시간을 허비하는 학생과 공부할 것을 스스로 녹음해서 듣는 것으로 시간을 생산적으로 활용하는 학생, 10년 후의 모습이 같을까? 다를까?

잠을 줄이기보다 자투리 시간을 활용하자

서울대학교 카운슬러로 있을 때 성적이 좋아 장학

금을 받은 학생들과 성적이 나빠 학사 징계를 받은 학생들의 생

활 태도를 분석한 적이 있습니다.

두 집단 간 수면 시간에는 별 차이가 없었지만 자투리 시간을 이용하는 방식은

많이 달랐습니다. 성적이 우수한 학생들 중에는 강의와 강의 사이 빈 시간에 산책

을 할 때, 식당에서 줄 서서 기다릴 때 배운 내용을 가볍게 훑어보거나 다가올 수업 내

용을 예습하는 학생들이 많았습니다. 그들은 언제 어디서나 머리를 놀리지 않았습니

다. 그러나 학사 징계를 받은 학생들 중에는 그런 학생들이 별로 없었습니다.

자투리 시간으로 버려지는 하루 1%, 15분만 매일 투자하면 1년이 지나면 한 분

야의 전문가가 될 수도 있고, 3년을 지속하면 그 분야의 책을 한 권 쓸 수

도 있습니다. 잠을 줄이기보다는 자투리 시간을 어떻게 활용할

지 생각해보십시오.

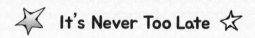

시간 도둑, 스마트폰과
인터넷에 휘둘리지 말자

짧은 인생은 시간의 낭비에 의해 더욱 짧아진다.
- 새뮤얼 존슨Samuel Johnson

다음 내용을 읽고 자신에게 해당되면 ○표를, 해당되지 않으면 ×표를 하라.

집을 나설 때는 스마트폰부터 챙긴다. ☐

스마트폰이 없으면 안절부절못하고 자꾸 스마트폰 생각이 난다. ☐

스마트폰 때문에 해야 할 일, 숙제, 공부를 못한 적이 많다. ☐

오랫동안 전화벨이 울리지 않으면 우울하고 왠지 허전하다. ☐

틈만 나면 문자를 보내거나 카톡이나 통화할 대상을 떠올린다. ☐

당신에게 해당되는 것은 몇 개인가? 만약 세 개 이상 체크했다면 당신은 이미 스마트폰에 중독되어 있다고 할 수 있다. 2012년 한국 청소년정책연구원이 조사한 결과에 따르면, 청소년 10명 가운데 9명 90.1%은 휴대전화를 소유하고 있고, 초등학교 6학년을 전후로 대부분의 학생들이 휴대전화를 소유하고 있는 것으로 조사됐다. 휴대전화 월 평균 이용요금은 대부분 4만 원 미만53.7%이었으나, 8만 원 이상의 요금을 지불하는 사례도 11%에 달했다.

휴대폰 없이
못 사는 까닭

중·고등학교 학생들이 입학이나 졸업 때 가장 받고 싶은 선물 중 하나가 휴대폰이다. 존재하는 모든 심리는 존재의 이유가 있듯이 청소년들이 그렇게도 휴대폰을 원하는 데도 그 이유가 있다. 한 조사 결과에 따르면, 청소년들이 휴대폰을 구입하는 첫 번째 목적은 친구들과의 관계 때문이다. 대부분의 학생들이 휴대폰을 갖고 있는 상황에서 휴대폰이 없으면 희귀 동물 취급을 받기가 십상이다. 그리고 연락이 안 되면 친구들과의 관계에서 소외되어 외톨이가 될 가능성이 높아진다.

뿐만 아니라 유선 전화에 비해 휴대폰이 갖고 있는 즉시성과 은밀함 또한 매력적이다. 수업 중에 몰래 주고받는 문자나 카톡이야말로 지겨운 학교생활에서 빼놓을 수 없는 재미다. '졸려 죽겠어'라는 메시지에 '잠 자!' 등의 메시지를 주고받는 것이 즉각적으로 가능하기 때문에 수업의 무료함을 덜어줄 수 있다. 또한 집에서도 유선 전화로 통화를 할 때는 프라이버시를 지키기가 힘들지만 자기만의 휴대폰을 사용해 통화를 하거나 문자 메시지를 보내면 다른 사람에게 노출될 위험이 없다.

사실 전화벨의 위력은 실로 막강하다. 한강에서 뛰어내려 자살하려는 사람조차도 전화벨이 울리면 거의 반사적으로 전화를 받는다. 뭔가 중요한 일에 몰두하고 있다가도 전화벨이 울리면 우리는 전화를 받는다. 그 이유는 당장 전화를 받지 않는다면, 중요한 뭔가를 영원히 놓칠지도 모른다고 생각하기 때문이다. 이러한 현상을 심리학에서는 '잠재적 상실성 효과Potential Unavailability Effect'라고 한다. 그래서 무슨 일을 하고 있건 전화벨이 울리면 일단 전화부터 받게 된다.

내가 혹시
인터넷 중독?

스마트폰이 보급되면서 이를 통해 인터넷 접속을 하는 시간이 급속하게 증가했다. 미국의 컴퓨터접속중독센터에서 최근 인터넷 중독증 징후를 다음과 같은 열 가지로 분류하고, 이 중 세 가지 이상이면 인터넷 중독 가능성을 고려해야 한다고 경고하고 있다.

네 꿈과 행복은 10대에 결정된다

1. 하루도 빠짐없이 인터넷을 사용한다. 하루라도 인터넷에 접속하지 않을 경우 허전한 느낌이 든다. 업무상 사용은 예외.

2. 접속한 후에는 시간 가는 줄 모른다. 밤을 새우는 것이 다반사다.

3. 하루 종일 인터넷을 하느라 외출 빈도가 점점 줄어든다.

4. 식사 시간이 줄고 모니터 앞에서 밥을 먹는다.

5. 인터넷을 사용하는 데 과도한 시간을 보내면서도 그 사실을 인정하지 않으려고 한다.

6. 자신은 잘 못 느끼지만 주위 사람들이 컴퓨터를 너무 오래 쓴다고 지적한다.

7. 별 이유 없이 수시로 메일박스를 열어보며, 새 메일이 없으면 실망한다.

8. 자신의 홈페이지 주소를 알리고 싶어 안달한다. 관련 없는 사람에게조차 알리려 애쓰며 접속자 수를 수시로 확인한다.

9. 시간에 쫓기면서도 휴식 시간에 의미 없이 인터넷에 들락거리기를 반복한다.

10. 인터넷을 할 때는 가족도 귀찮고 아무도 없어야 편안해진다.

스마트폰과 인터넷에 우리 인생을 맡기지 말자

살면서 기쁜 일이 무엇인지를 생각하면, 십중팔구 우리는 누군가를 떠올리게 된다. 다른 사람들과의 관계는 행복에 영향을 미치는 가장 강력한 요인이다. 그래서 사람들은 다른 사람들과 어울리지 못하고 혼자 사는 사람은 정신적으로 문제가 있다고 생각하는 경향이 있다. 다른 사람들과의 연결은 우리 삶에서 그만큼 중요하다. 당신이 만약 한시라도 휴대폰 없이 생활할 수 없다면, 그렇게 되는 가장 큰 이유는 무엇일까? 다른 사람들과 어떤 식으로든 연결이 되지 않으면 불안해지기 때문이다. 그것은 마치 아기들이 엄마가 곁에 있어야 안심이 되는 것과 같다.

애들라이 게일Adlai-Gail이라는 심리학자는 고등학교 학생 200명에게 설문을 실시해서 자기 목적성이 뚜렷한 학생과 그렇지 못한 학생을 선발했다. 그리고 두 집단의 청소년들이 시간을 어떤 식으로 보내는지 조사했다. 공부에 투자하는 시간을 비교한 결과, 자기 목적성이 뚜렷한 집단은 그렇지 않은 집단에 비해 공부에 투자하는 시간이 두 배나 많았다. 반면 TV 시청 시간을 비교한 결과, 자기 목적성이 낮은 집단은 자기 목적성이 높은 집단에 비해 2배나 더 많았다. 스마트폰이나 인터넷, 그리고 TV 시청에 너무 많은 시간을 낭비하고 있다면 그것은 자기 목적성이 부족하기 때문이다. 유혹들에 휘둘리고 있다면 그건 우리가 간절히 원하는 목표를 아직 찾아내지 못했기 때문이다.

우리는 휴대폰과 인터넷을 이용하고 있다고 생각하지만 자칫하면 이동통신 회사에게 우리의 시간과 돈, 나아가서는 인생을 내맡기는 꼴이 될 수 있음을 명심해야 한다. 별로 도움이 되지도 않는 얘기를 주고받기 위해 휴대폰에 낭비하고 있는 시간은 이동통신 회사의 수입과 정확하게 정비례한다. 그렇게 사는 것이 과연 바람직한 것일까?

시간 도둑, 스마트폰과 인터넷에 휘둘리지 말자

가까운 곳에 스마트폰이 없으면 불안하다고 하는 학생들이 많습니다. 현대인에게 스마트폰은 떼려야 뗄 수 없는 필수품이 되었습니다. 하지만 스마트폰이나 인터넷 사용에 너무 많은 시간을 낭비하고 있다면 그것은 자기 목적성이 부족하기 때문입니다. 여러 유혹들에 휘둘리고 있다면 그것은 우리가 간절히 원하는 목표를 아직 찾아내지 못했기 때문입니다.

우리는 스마트폰을 이용하고 있다고 생각하지만 자칫하면 이동통신 회사에게 우리의 시간과 돈, 나아가서는 인생을 내맡기는 꼴이 될 수 있음을 명심해야 합니다. 찾아보면 자투리시간을 활용해서 공부할 수 있는 스마트폰 앱도 많습니다. 스마트폰에 휘둘리지 않고 스마트폰의 순기능을 잘 활용하면 훨씬 더 스마트하게 공부할 수 있답니다.

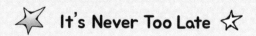
It's Never Too Late

열심히만 하지 말고
효과적으로 공부하자

우리가 걱정해야 할 일은 시간의 부족이 아니라,
대부분의 시간을 잘못된 방법으로 쓰고 있다는 것이다.
– 리처드 코치Richard Koch

세상에는 열심히 사는 사람들로 가득하다. 부지런한 사람들로 넘쳐난다. 안타깝게도 그것만으로 꿈을 이룬 사람들은 생각처럼 많지 않다. 경기 불황이 계속되면서 수없이 많은 사람들이 직장을 잃었고 지금도 잃고 있다. 그중 많은 사람들은 "그토록 열심히 일했는데, 회사가 내게 이럴 수가…"라고 원망한다. 그러나 성실하게 열심히 일했다는 것만으로 감원 대상의 직원을 끝까지 붙잡아두는 회사는 없다. 새벽부터 밤늦게까지 문을 열어놓고 열심히 가게를 지킨다고 해서 손님들이 벌떼같이 몰려오지 않는 것과 같은 이치다.

성실하다는 것만으로 원하는 결과를 얻을 수 있다거나, 그래야 세상이 공정하다는 생각은 이제 버려야 된다. 얼마나 열심히 하는지보다 얼마나 생산성이 높은가가 더 중요하기 때문이다. 성실성이 불필요하다는 말이 아니다. 뭔가 이루기 위해서는 성실은 기본이고 거기에 플러스 알파가 필요하다.

공부도 마찬가지다. 열심히 공부한다고 반드시 최고의 성적을 얻는 것은 아니다. 공부를 잘하기 위해서는 반드시 성실성이 뒷받침되어야 하지만, 거기에 플러스 알파가 있어야 한다.

Don't Study Hard, Do Study Smart!

불평등의 원리, 파레토의 법칙

지금으로부터 100여 년 전, 이탈리아의 경제학자인 빌프레도 파레토Vilfredo Pareto는 영국의 부와 소득의 유형에 대한 자료를 분석하면서 소수의 국민이 대부분의 소득을 벌어들인다는 부의 불평등 현상을 발견했다. 그리고 이 현상과 관련된 매우 의미 있는 두 가지 사실을 발견했다.

하나는 전체 인구의 비중과 소수가 소유하고 있는 소득의 비중 사이에는 항상 일관된 수치가 관찰된다는 것이다. 즉, 전 인구의 20%가 전체 부의 80%를 차지하고 있다는 사실이다. 그 자신도 흥분했던 또 하나의 사실은 어느 나라를 조사해도 이러한 불균형의 패턴이 항상 똑같이 나타나며, 시대가 달라져도 변하지 않는다는 사실이다.

노력, 투자, 원인의 작은 부분이 성과나 산출량, 결과의 대부분을 유발하며 노력과 성과, 투자와 산출량, 원인과 결과 사이에 일정한 불균형이 존재한다는 것을 의미하기 때문에 이 법칙은 '불균형의 원리', '80/20 법칙' 등 다양한 이름으로 불린다.

후일 많은 학자들에 의해 파레토의 법칙으로 여러 가지 사회 현상을 설명할 수 있다는 사실이 확인되었다. 사회나 기업 또는 개인의 삶에서 파레토의 법칙으로 설명할 수 있는 예들은 무수히 많지만 몇 가지 예를 들면 다음과 같다.

- 성과의 80%는 집중해서 일한 20%의 시간에서 달성된다.
- 프로 운동선수의 20%가 대회 상금의 80%를 쓸어간다.
- 전체 교칙 위반 사례 중 80%는 20%의 학생들이 저지른다.
- 인간관계의 가치 중 80%는 20%의 관계가 좌우한다.
- 전화통화 80%는 자주 전화하는 20%의 사람과 한다.
- 수업 내용의 80%를 이해하는 학생은 전체의 20%이다.
- 책의 핵심 내용 80%는 책의 20% 지면에 있다.
- 성과의 80%는 집중력을 발휘한 20% 시간에 이뤄진다.

파레토의 법칙을 이해한다면 사회의 많은 문제들을 해결할 수 있다. 예컨대, 교통 정체의 80%가 전체 교차로의 20%에서 일어난다는 사실을 받아들인다면 정체 현상을 빚는 20%의 교차로를 집중적으로 관리하면 교통사고를 현저하게 줄일 수 있다. 파레토의 법칙은 사회적인 문제나 기업에만 적용되는 것이 아니다. 개인의 삶의 질을 높이고 공부하는 데도 적용될 수 있다. 당신은 공부에 투자하는 시간만큼 결과가 나오기를 기대한다. 그래야 공정하다고 생각한다. 그러나 파레토의 법칙에 따르면 그건 잘못된 생각이다.

시험 문제의 80%는
핵심 지식 20%로 해결된다

우리나라에 《80/20법칙80/20 Principle》으로 번역 소개된 책의 저자 리처드 코치는 옥스퍼드 대학에 다닐 때 파레토의 법칙이 얼마나 중요한지 배우게 되었다. 연구를 거듭한 끝에 결국은 이 분야의 전문가가 되었다. 그가 신입생이었을 때 그의 지도교수는 학생들에게 이렇게 말했다.

"재미 삼아 읽을 때 말고는 절대로 책을 처음부터 끝까지 읽지 마라. 공부하기 위해서 책을 읽을 때는 처음부터 끝까지 읽지 말고 먼저 그 책이 무엇을 전달하는지 요점부터 파악하라. 그러니 결론을 먼저 읽고 나중에 서론을 보고 다시 결론을 본 후에 다시 관심 있는 부분을 보라." 그 지도교수가 하고 싶은 말은 결국 책의 20%밖에 안 되는 분량 속에 책 한 권에서 찾을 수 있는 가치의 80%가 다 담겨 있다는 것이었다.

그는 지도교수의 이러한 조언을 참작해서 과거의 시험지들을 분석

했다. 그 결과 시험 문제의 80%는 해당 과목의 핵심적인 지식 20% 만 알면 풀 수 있다는 사실을 확인했다. 교수들의 입장에서 보면 중요하지 않은 문제를 출제할 이유가 없으며 제한된 시간 내에 풀어야 하는 시험 문제를 전 분야에서 같은 비중으로 출제하기도 어렵다. 그러니 결국 꼭 알아야 할 내용을 중심으로 출제하기 마련이다. 이 점을 파악해서 그는 학습 효율을 획기적으로 높일 수 있었다. 결국 그는 필사적으로 공부하는 동료들보다 훨씬 좋은 성적을 받아 최상급의 학점으로 졸업을 하게 되었다.

사람들은 흔히 이런 사람들을 '요령이 좋아서 점수를 잘 받았다'라고 생각하지만, 사실 이들은 세상이 돌아가는 법칙을 깨달은 지혜로운 사람들이다. 문제는 그 20%가 무엇이냐를 아는 것이다. 투자한 시간과 노력의 20%가 80%의 결과를 낳는다는 것이 현실이라면 고작 20%의 결과밖에 만들어내지 못하는 나머지 80%의 노력은 매우 비생산적이라는 점을 생각해봐야 한다.

생산성이 낮은 80%의 시간과 노력을 생산성이 높은 수준으로 끌어올린다면 우리가 원하는 성과는 기하급수적으로 증가할 것이다. 지금까지 열심히 공부를 했는데도 성과가 없다면 다음과 같은 몇 가지 점들을 고려해서 생각하고 행동해야 한다.

효과적인 방법을 찾아라 ● 많은 사람들은 열심히 일하는 것에 가치를 부여한다. 그러나 힘든 노동을 하는 사람은 대개 수입이 적으며 현명하게 일하는 사람이 높은 수익을 얻는다. 단지 죽어라고 열심히 공부를 많이 했다는 것은 중요하지 않다. 최소의 시간으로 최대의 성과를 거둘 수 있는 혁신적인 공부 방법을 찾아보라.

피할 수 없으면 즐겨라 ● 괴로워도 이를 악물고 해야 하는 것이 공부라고 생각하지 마라. 재능이 뛰어난 자는 노력하는 자를 이길 수 없고, 노력하는 자는 즐기는 자를 이길 수 없다. 공부도 일단 하기로 했으면 즐겁게 해라. 그래야 더 적은 노력으로 더 많은 성과를 거둘 수 있다.

비생산적 활동을 제거하라 ● 투자한 시간과 노력에 비해 상대적으로 높은 성과를 얻었던 과거 경험들을 확인하라. 최고의 주의 집중을 할 수 있는 시간대, 방해받지 않고 몰두할 수 있는 장소, 함께 있을 때 가장 도움이 되는 친구를 파악해서 그것을 이용하라. 그리고 생산성이 낮은 공부 습관, 방해가 되는 활동을 과감하게 제거하라.

놀 때는 화끈하게 놀아라 ● 빨리 가야 된다는 생각 때문에 졸음을 무릅쓰고 고속도로를 달리는 것처럼 위험한 것은 없다. 많은 사람들이 저지르는 잘못 중의 하나는 휴식에 대한 죄책감을 갖는 것이다. 쉬지 않고 늘 제 몸을 혹사하는 사람들은 아무것도 이룰 수 없다. 자연도 이따금 쉬고 우리의 뇌도 쉬어야 제 기능을 발휘한다. 쉴 때는 푹 쉬고, 놀 때는 화끈하게 노는 사람이 생산성도 높다. 어쨌거나 우리에게 가장 중요한 것은 가장 중요한 일을 먼저 하는 것이다.

네 꿈과 행복은 10대에 결정된다

열심히만 하지 말고 효과적으로 공부하자

많은 학생들이 열심히 공부합니다. 하지만 열심히 공부하는 것보다 더 중요한 것은 현명하게 공부하는 것입니다.

《80/20 법칙》의 저자 리처드 코치는 옥스퍼드대학에 다닐 때 '80/20 법칙' 이 얼마나 중요한지 배우게 되었습니다. 그가 신입생이었을 때 그의 지도교수는 학생들에게 이렇게 말했습니다. "재미 삼아 읽을 때 말고는 절대로 책을 처음부터 끝까지 읽지 마라. 먼저 그 책이 무엇을 전달하는지 요점부터 파악하라. 결론을 먼저 읽고 나중에 서론을 보고 다시 결론을 본 후에 중요한 부분 위주로 보라."

지도교수가 하고 싶은 말은 결국 책의 20%밖에 안 되는 분량 속에 책 한 권에서 찾을 수 있는 가치의 80%가 다 담겨 있다는 것이었습니다. 효과적으로 공부하는 학생은 그냥 열심히 공부하는 것이 아니라 중요한 부분을 먼저 찾아내고 거기에 더 많은 시간을 투자합니다.

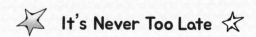

성적이 쑤욱 오르는
5분 책상 정리

부자의 책상과 빈자의 책상을 보라.
부자의 책상엔 절대로 너저분한 서류 더미가 없다.
- 브라이언 트레이시Brian Tracy

내 둘째 아이가 중학생이었을 때 방에는 3인조 여자 댄스그룹의 사진이 붙어 있었다. 언젠가 그 아이에게 "왜 그 사진을 붙여놓았니?"라고 물었다. 그 아이의 대답은 이랬다. "내가 좋아하니까. 그리고 보고 있으면 기분이 좋으니까." 그건 확실히 그렇다. 좋아하지 않으면, 그리고 보면서 기분이 좋지 않다면 붙여놓지 않았을 것이다.

지친 몸으로 학교에서 돌아와 지겨운 시험 준비를 하다가 또는 지루하고 심심할 때, 벽에 붙어 있는 사진들을 보면 한결 기분이 좋아질 것이다. 그래서 당신도 아마 좋아하는 연예인 사진을 벽에 붙여놓았을 것이다. 사진을 붙여놓은 행위 자체가 나쁜 것은 아니다. 문제는 그것이 우리의 생각과 행동을 통제하는 신호로 작용하며 소중한 시간을 낭비하게 한다는 것이다. 무슨 말인지 이해가 잘 안 가는가? 그럼 한 가지 예를 들어보자.

부자가 되고 싶으면
부자들의 사진을 붙여라

러시아의 생리학자이자 심리학자인 이반 파블로프Ivan Pavlov는 개에게 종소리를 들려준 후 먹이를 주었다. 이것을 몇 번 반복하자 개는 종소리만 들리면 침을 흘리기 시작했다. 이것이 '조건 반사 현상'이다. 파블로프는 인간의 많은 행동들이 조건 형성 과정을 통해 학습된 일종의 조건 반사임을 오래전에 설파했다. 정말 그런가? 우리는 벨이 울리면 반사적으로 휴대폰을 찾는다. 벨이 울리면 왜 자기의 전화를 찾고 왜 받을까? 두말할 것도 없이 벨소리는 전화가 왔다는 신호라는 것을 알기 때문이다. 벨소리를 듣고 전화를 받는 것은 개가 종소리를 듣고 침을 흘리는 행위와 동일하다.

벽에 붙어 있는 연예인 사진을 보면서 취하는 자신의 행동과 생각들을 점검해보라. 이런저런 공상들을 하거나, 그들을 부러워하거나 아니면 매력적인 모습을 바라보며 침을 흘리면서 넋을 잃고 있을지 모르겠다. 그런 사진들을 바라보면서 공부를 더 열심히 해야겠다고 생각하는 사람은 없을 것이다. 그러기를 하루 이틀 반복하면? 파블로프의 개가 종소리만 들리면 침을 흘리듯 사진을 볼 때마다 공상에 빠지게 될 것이다.

공부를 열심히 하고 싶다면, 그리고 뭔가를 이루고 싶다면 그렇게 하도록 만들어주는 신호를 벽에 붙여야 한다. 부자가 되고 싶다면 벤치마킹할 만한 부자의 사진을, 만화가가 되고 싶다면 존경하는 최고의 만화가 사진을 붙여라. 그러면 그것은 당신으로 하여금 그런 사람과 같이 생각하고 행동하도록 만들어주는 신호가 될 것이다.

책상 위가 어지러우면
정신이 산만하다는 증거

책상 위의 물건들 역시 우리의 생각과 행동을 통제하는 신호로 작용한다. 당신의 책상 위에 스마트폰, 편지, 물 컵, 먹다 남은 과자봉지, 날짜 지난 신문이나 잡지들, 쓰고 난 휴지 등 온갖 잡동사니 속에 책과 노트가 파묻혀 있다고 가정하자. 책상에 앉으면 어떤 생각과 행동을 하게 될까?

도서관이나 독서실에 가야 공부가 잘 되는 이유는 조용하고 칸막이가 양쪽으로 가려져 주의가 차단되기 때문이다. 경마장에 가보면 경주마들이 전방만을 집중해서 최고의 기량을 발휘하도록 차안대遮眼帶를 씌운다. 그러면 350도나 되는 말의 시야가 100도까지 좁혀져서 말은 앞만 보고 맹렬하게 질주한다. 공부할 때, 쉽게 주의가 산만해진다면 종이파일을 사용해서 도서관처럼 칸막이를 설치하자. 스스로를 경주마로 생각하고, 음악이 나오지 않는 헤드폰을 차안대로 삼아 주의 분산을 차단해보자.

책상 위에 공부와 직접 관련이 없는 mp3가 눈에 띄면 노래를 듣고 싶은 생각이 들고 그 생각은 당연히 노래를 듣는 행동으로 연결된다. 휴대폰이 놓여 있다면 자연스럽게 문자를 보내거나 카톡을 하고 SNS를 하게 된다. 책상 위에 놓여 있는 공부에 방해가 되는 자극들은 파블로프의 종소리와 같은 것이고, 그 자극들에 따라 별 생각 없이 반사적으로 하게 되는 행동들은 모두 파블로프의 개가 침을 흘리는 것과 같다. 그런 자극들에 의해 휘둘린다면 이렇게 외쳐보자. "나는 개가 아니다!"

책상을 공부할 때만
사용해야 하는 이유

불면증을 치료하는 행동 치료 전문가들은 환자들을 도저히 참을 수 없을 정도로 졸릴 때만 침대에 들어가게 하고 잠에서 깨자마자 침대에서 나오도록 훈련시킨다. 왜 그렇게 할까? 대부분의 불면증 환자들은 조금이라도 더 자기 위해서 미리부터 침대에 들어 괴로운 시간을 보내거나 잠에서 깨서도 조금이라도 더 자려고 안간힘을 쓴다. 그러면 침대는 편안한 잠을 유도하는 신호로 작용하는 것이 아니라 조금이라도 자려고 안간힘을 쓰는 괴로운 행동을 유도하는 신호로 작용한다. 그래서 침대에 누우면 오던 잠도 달아난다. 그런데 참을 수 없이 잠이 쏟아질 때만 침대에 눕는 버릇을 갖게 되면 침대는 잠을 유도하는 신호가 된다.

책상 위에는 지금 당장 해야 할 공부와 관련된 책과 노트 및 필기도구들만 남기고 모두 치우는 것이 좋다. 그리고 책상은 공부할 때만 사용해야 한다. 전화를 하거나 잡지를 보거나 음악을 듣는 것은 반드시 다른 장소에서 하라. 이를 일주일만 시도해본다면 당신은 놀라운 변화를 경험할 것이다. 이제는 책상에만 앉으면 공부를 해야 된다는 생각이 저절로 들 것이다. 왜? 책상이 공부에 대한 생각과 공부하는 행동을 유발시키는 신호가 되었으니까. 이처럼 신호 자극을 통제해서 행동의 변화를 유도하는 심리 치료 기법을 심리학에서는 '자극 통제 기법Stimulus Control Technique'이라고 한다.

이러한 현상을 당신의 컴퓨터 바탕화면에 대입시켜 좀 더 깊게 이해해보자. 영어 공부를 하기 위해 컴퓨터를 켰으나 바탕화면에 게임이나 인터넷, 영화, 음악듣기 프로그램의 아이콘이 깔려 있다고 치자. 당연히 영어 공부를 하기보다 게임이나 인터넷 아이콘에 마우스를 갖다댈 가능성이 높다. 왜? 눈에 먼저 띌 뿐 아니라 그것이 공부보다 더 재미있으니까. 책상 위에 컴퓨터를 놓아둔 학생들이 많은데 컴퓨터의 유혹이 문제가 된다면 그것을 다른 곳으로 치우거나, 바탕화면을 정리해서 유혹의 신호들을 제거해야 한다. 그리고 그 대신 해야 할 일과 관련된 아이콘을 깔고, 인터넷 기본 페이지도 공부에 도움이 되는 페이지로 바꿔야 한다.

공부가 끝나면 잠시 시간을 내서
책상을 치워보자

저명한 조직 내 업무 및 시간 관리 컨설턴트 스테파니 윈스턴 Stephanie Winston은 자신의 노력과 성과로 CEO 자리에 오른 사람들의 하루 일과를 관찰한 결과, 성공한 CEO들의 첫 번째 공통점으로 유난히 깔끔한 책상을 꼽았다. 예를 들면, 미국 포켓몬 사장 아키라 지바 Akira Chiba의 책상은 넓은 유리판 위에는 컴퓨터, 책상용 소품, 그리고 진행 중인 프로젝트 관련 서류가 몇 장 놓여 있을 뿐이다. 성공한 사람일수록 책상이 깨끗한 것은 책상처럼 일도 깔끔하게 처리하기 때문이라는 것이 그의 해석이다.

온갖 책들이나 노트, 잡지 등이 뒤섞여 있으면 물건을 찾는 데 시간과 노력이 많이 든다. 시간과 노력이 많이 드는 일은 하고 싶지 않은 게 인간의 본성이다. '공부나 해볼까?'라고 생각하다가도 정신없이 뒤엉켜 있는 책상이나 책꽂이를 보게 되면 공부할 맛이 달아나고 말 것이다.

"시작이 반이다"는 말이 있지만 모든 일은 시작보다 끝이 중요하다. 사람의 됨됨이는 처음 만날 때보다 헤어질 때 더 정확하게 알 수 있으며 그 사람의 일하는 방식은 일이 마무리될 때를 보면 확실하게 판단되는 법이다. 공부를 마치면 책상 위에 펼쳐놓았던 모든 것을 그대로 내팽개치는 학생들이 많다. 그러나 공부를 끝내면서 책상을 깨끗하게 치우고 다음 날 가지고 갈 책이나 노트 또는 준비물을 미리 챙겨놓는 정리 시간을 갖는 것이 꼭 필요하다.

일을 잘하는 사람들의 특성 중 하나는 정리 정돈을 잘한다는 것이다. 정리와 정돈은 비슷한 말 같지만 의미가 다르다. 필요 없는 것을 치우거나 버리는 것을 정리整理라고 하고 필요한 것을 사용하기 쉽게 배열하는 것을 정돈整頓이라고 한다. 공부를 잘하려면 공부와 관련되지 않은 것들은 정리해서 눈에 띄지 않게 치우고 공부에 필요한 책과 노트, 필기도구들은 적재적소에 놓아두어야 한다. 가끔 주변을 둘러보면서 물건들에게 이렇게 물어보라. "네가 있어야 할 가장 좋은 곳은 어디니?" 그러면 그것들은 알아서 제 자리를 찾아갈 것이다

나는 퇴근할 때 반드시 책상을 깨끗하게 정리한다. 그리고 그날 했던 일들에 대해 잠시 생각해본다. 그리고 다음날 해야 될 일이 무엇인지 점검하고 연구실 문을 닫는다. 그 시간은 5분이면 충분하다. 그렇게 하면 두 가지의 이점이 있다. 첫째, 그날 했던 일들에 대한 자부심과 뿌듯한 마음을 가지고 퇴근할 수 있다. 둘째, 다음날 출근했을 때 곧바로 일에 착수할 수 있다. 어쩌다가 정리를 하지 않고 퇴근한 다음날, 출근해서 정신없이 어질러진 책상을 대하면 적어도 30분 정도는 미적거리게 된다. 당신도 하루의 공부를 끝내면서 5분만 시간을 내어 정리하는 습관을 들인다면 정말 놀랄 만한 경험을 하게 될 것이다.

성적이 쑤욱 오르는 5분 책상 정리

일을 잘하는 사람들의 특성 중 하나는 정리 정돈을 잘한

다는 것입니다. 공부 능률을 높이려면 공부와 무관한 물건은 눈에

띄지 않게 치우고 공부에 필요한 물건만 놓아두어야 합니다. 그리고 책상

은 공부할 때만 사용해야 합니다. 이것을 일주일 동안 시도해보면 책상에만 앉

으면 공부해야 한다는 생각이 저절로 들 것입니다.

책상과 책상 위의 물건들이 공부 행동을 유발하는 신호로 작용하기 때문입니다. 이

처럼 신호자극을 통제해서 행동변화를 유도하는 행동수정기법을 심리학에서는

'자극 통제 기법'이라고 합니다.

나는 가끔 내 물건들에게 이렇게 물어봅니다. "네가 있어야 할 가장 좋은

곳은 어디니?" 그러면 그것들은 알아서 제 자리를 찾아갑니다. 당신

도 한 번 해보세요.

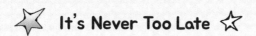

레이저의 원리를
주의 집중에 적용하자

당신이 하고 있는 일에 온 정신을 집중하라!
햇빛은 한 초점에 모아질 때만 불꽃을 내는 법이다.

– 알렉산더 그레이엄 벨Alexander Graham Bell

많은 학생들이 공부를 하면서 음악을 듣는다. 왜? 둘 다를 할 수 있다고 생각하기 때문이다. 그러나 심리학 연구 결과들에 의하면 그건 틀린 생각이다. 개인차가 있기는 하지만 특정 상황에서 각자가 사용할 수 있는 주의의 용량은 한정되어 있다. 어떤 일에 주의를 집중하면 상대적으로 다른 일에는 그만큼 주의를 기울일 수 없다. 이를 심리학에서는 '주의 감소화 모델Attention Attenuation Model'이라고 한다. 이 모델에 따르면, 음악을 들으면서 공부를 하면 음악에 주의를 빼앗긴 만큼 공부에 쏟을 수 있는 주의력이 감소한다.

만약 노트를 기계적으로 베껴 쓰는 것과 같은 지극히 단순한 일을 할 때는 음악을 즐기면서 그 일을 할 수 있다. 왜냐하면 단순하고 기

네 꿈과 행복은 10대에 결정된다

계적인 일은 아주 소량의 주의력만 필요로 하기 때문이다. 그러나 수학 문제를 풀거나 새로운 영어 단어를 외워야 하는 것처럼 어려운 일을 할 때는 음악이 공부를 방해한다. 왜냐하면 이 경우는 훨씬 더 많은 주의력이 필요하기 때문이다.

우리의 대뇌는 관심을 끄는 내용이 있으면 언제라도 순간적으로 주의를 그곳으로 전환시킬 수 있다. 따라서 우리가 음악을 들으면서 공부를 한다면 아무리 공부를 열심히 해도 어느 정도의 주의력은 음악 쪽에 빼앗기게 되며 흥미를 끄는 가사가 나오면 주의력이 순간적으로 그쪽으로 쏠린다. 그래서 클래식보다는 팝송이, 팝송보다 영어가 한국어보다 잘 안 들리는 경우에 한해는 대중가요가 공부에 더 방해가 된다.

공부할 때 음악을 들으면 안 되는 또 다른 이유가 있다. 심리학자 던컨 고든Duncan Godden과 앨런 배들리Alan Baddeley는 스쿠버 다이버들을 대상으로 기억 실험을 실시했다. 한 집단에게는 20피트의 물속에 잠수해서 단어를 외우게 하고 다른 집단에게는 물 밖에서 단어를 외우게 했다. 그리고 시간이 지난 후 기억검사를 실시했는데, 각각의 집단 절반에게는 물속에서, 나머지 절반은 물 밖에서 검사를 실시했다. 물속에서 단어를 외운 사람들은 물속에서 검사를 할 때 더 많은 단어를 기억해냈으며 물 밖에서 단어를 외운 사람들은 물 밖에서 더 많은 단어를 기억했다. 단어를 외웠던 상태와 동일한 상태에서 기억 검사를 받으면 그렇지 않은 경우에 비해 무려 50%나 더 많은 단어를 기억했다. 이처럼 학습을 할 때와 동일한 상태에 있을 때 기억이 잘되는 현상을 심리학에서는 '상태의존기억State-Dependent Memory'이라고 한다. 요약하자면 공부를 할 때 음악을 들으면 두 가지 점에서 문제가 생긴다는 것이다. 첫째, 주의를 분산시킨다. 둘째, 시험을 볼 때 회상 능력도 떨어진다. 왜? 어떤 시험장이건 자기가 공부하면서 들었던 음악을 틀어주는 곳은 없으니까.

주의 집중, 안 되는 것이 아니라 하지 않는 것이다

"저는 주의 집중력이 없어요."
"아무리 노력해도 집중이 안 돼요."

공부에 어려움을 느끼는 학생들이 가장 흔하게 호소하는 문제, 그것은 주의 집중이 안 된다는 것이다. 이 같은 학생들은 주의 집중력은 일종의 타고난 능력이며, 노력하더라도 개선될 여지가 별로 없는 IQ처럼 고정된 능력이라고 생각하는 것 같다.

혹시 PC방이나 오락실에서 게임에 몰두하다가 예정된 귀가 시간이나 학원에 갈 시간을 놓쳐버린 일이 있는가? 소설책이나 만화에 너무 빠진 나머지 어머니가 부르는 소리를 듣지 못한 적이 있는가? 인터넷에 빠져서 평소의 취침 시간을 넘겨본 적이 있는가? 좋아하는 영화나 TV 프로그램을 보면서 식사 시간이 지났는 데도 배고프다는 것 자체를 잊은 적이 있는가?

만약 하나라도 '예스'라고 했다면 그것은 완벽하게 주의를 집중할 수 있는 능력을 갖고 있다는 증거이다. 왜냐하면 자기 이름을 부르는 소리조차 듣지 못하고 시간이 얼마나 지났는지도 모를 정도로 몰두할 수 있다는 것은 주의 집중력이 있기 때문이다.

그런데 공부할 때는 왜 집중이 안될까? 앞에서 열거한 일들은 모두 재미있다는 공통점을 가지고 있기 때문에 몰두할 수 있으며 공부라는 것은 재미가 없기 때문에 주의 집중이 안 되는 것이다. 더 정확하게 표현한다면 주의 집중이 안 되는 것이 아니라, 당신 스스로가 주의 집중을 하지 않은 것이다.

돋보기 원리와
주의 집중

陽氣發處 金石亦透, 精神一到 何事不成양기발처 금석역투 정신일도 하사불성, 양기가 발하는 곳에 쇠와 돌도 뚫어지고 정신을 집중하면 못 할 일이 없다는 주자朱子의 말이다.

언젠가, 초등학생 딸아이가 한숨을 쉬면서 내게 다가와 하소연을 했다. 해야 할 숙제가 있는데 놀고 싶어서 공부가 안 된다는 것이다. 그러면서 그 아이는 냉장고와 화장실을 생쥐가 곡간에 드나들 듯 왔다 갔다 하면서 해야 할 숙제에 집중하지 못 했다. 나는 그 아이에게 돋보기를 찾아오라고 해서 함께 베란다로 나갔다. 그리고 그 아이의 손 위에 돋보기를 갖다 댔다. 돋보기를 갖다 대자마자 아이는 싫다고 손을 치웠다. "그러면 뜨겁잖아요!" 나는 왜 뜨거워지는지를 물었다. 그러자 그 아이는 "빛이 한 곳으로 몰리니까 뜨거워지는 것은 당연하죠."라고 말했다. 그래서 나는 아이에게 주의 집중도 같은 것이라고 말해주었다. 그러면서 햇빛으로 종이를 태울 수는 없지만 돋보기로 빛을 모으기만 하면 얼마든지 종이를 태울 수 있듯이 숙제도 정신을 집중하면 짧은 시간에 끝낼 수 있다고 말해주었다.

돋보기의 원리와 주의 집중의 원리를 설명해주기 위해 몇 가지 실험을 했다. 초점이 맞지 않을 때는 말할 것도 없고, 초점이 모아진 빛도 돋보기의 위치가 이곳저곳으로 바뀌면 종이는 타지 않는다는 사실과 흰색은 검정색 종이보다 태우기가 훨씬 어렵다는 것도 보여주었다. 공부할 때 호기심을 갖고 핵심을 파악하면서 끈기를 갖고 몰두하지 않으면 성과가 나지 않는다는 사실을 설명해주기 위해서였다.

돋보기와 정신 집중 원리의 비교

• • •

돋보기로 종이를 태우려면	정신을 집중해서 공부하려면
빛을 흡수하는 검은 종이가 좋다	호기심을 갖고 의미를 부여한다
초점을 정확하게 맞추어야 한다	핵심을 파악하고 총력을 기울인다
초점이 흔들리지 않아야 한다	끈기를 가지고 몰두해야 한다

네 꿈과 행복은 10대에 결정된다

레이저처럼
집중한다면…

　　쇠를 자르는 데 사용할 뿐 아니라 수많은 SF 영화에서 그 가공할 파괴력을 유감없이 발휘하는 레이저 역시 프리즘을 통해 한 파장의 순수 광선을 집중시켜서 만들어낸 것이다. 무슨 일이건 그 성과는 투자한 시간에 비례하기보다는 몰두하는 정도, 즉 주의 집중에 비례한다. 레이저 식 사고란 제한된 시간 내에 당신의 모든 에너지를 한 가지 일에 몰두하는 것이다.

　　레이저LASER란 'Light Amplification by Stimulated Emission of Radiation'이라는 말의 약자로, 해석하면 '유도 방출에 의한 빛의 증폭'이 된다. 쉽게 설명하자면 어떤 물체의 원자, 분자를 자극하여 가지고 있는 광 에너지를 빼앗아 마주 보는 거울로 빛을 증폭하여 한쪽 방향으로 일시에 내보내는 것이다.

　　레이저는 자연광선과 다른 특징을 갖고 있다. 첫째, 단색성이다. 자연광선은 여러 가지 빛이 혼합되어 있지만 레이저는 단일 주파수 색을 가진다. 둘째, 지향성이다. 손전등 같은 빛은 앞으로 진행함에 따라 빛이 퍼지지만 레이저는 퍼지지 않은 채 진행한다. 셋째, 균일성이다. 레이저는 위상이 균일하기 때문에 약간의 장애물에 부딪히면 곧 간섭을 일으킨다. 그러나 햇빛과 같은 일반적인 빛은 주파수도, 위상도 가지각색이므로 간섭이 일어나기 어렵다. 넷째, 에너지 집중도 및 고휘도성Brightness이다. 태양 빛을 돋보기로 집중시키면 종이나 나무를 태울 수 있는 정도이지만, 레이저 빛의 경우에는 에너지 밀도가 높기 때문에 철판까지도 태울 수 있다.

레이저의 이러한 성질은 여러 분야에 응용된다. 각종 행사의 레이저 쇼뿐 아니라 CD에 데이터를 기록하거나 읽는 데 사용되며 눈의 망막에 생긴 종양이나 몸 속에 생긴 암을 제거하는 데도 쓰인다. 그리고 두꺼운 철판을 정교하게 절단하거나 단단한 보석에 미세한 구멍을 뚫는 데도 사용된다. 레이저가 다양한 분야에서 쓰이는 것은 에너지를 모을 수 있는 기능, 즉 집중시키는 기능 때문이다. 레이저처럼 집중하면 못 해낼 일이 없다.

주의 집중력을
키우는 방법들

주의 집중력을 증진시키고 싶다는 사람에게 나는 두 가지를 제안한다. 첫째, 절대로 "주의 집중력이 없다"고 말하지 말고 "주의 집중을 하지 않았다"고 말해야 한다. 둘째, 집중력을 최대한 발휘할 수 있는 자기 나름대로의 방법을 찾아야 한다. '주의 집중', 그것은 하기 나름이다.

해야 할 분명한 이유를 찾는다 ● '지겨워', '해서 뭐해'라는 생각이 머리에 차 있는 한 집중이 될 리가 없다. 뭔가 집중해서 해야 된다고 생

네 꿈과 행복은 10대에 결정된다

각하면 먼저 해야 할 분명한 이유를 찾아야 한다. 마지못해 한다고 생각하지 마라. 공부할 이유가 없으면 만들어라. 고도의 집중력을 유지하는 사람들은 공통적으로 자신이 하는 일에 대한 흥미와 호기심을 스스로 솟구치게 하는 동기 유발 전략들을 갖고 있다. 노력하는 사람은 좋아하는 사람을 이길 수 없고, 좋아하는 사람은 절박한 이유를 갖고 덤비는 사람을 이길 수 없다.

주의 분산 요인을 제거한다 ● 정해진 시간 동안 공부에 몰두하려면, 먼저 주의를 분산시킬 수 있는 자극들을 제거해야 한다. 예를 들면, 공부할 과목과 관련되지 않는 모든 물건들을 일단 책상에서 치운다. 음악과 휴대폰을 끄고, 눈에 띄지 않게 서랍에 넣는다. 시선을 유혹할 수 있는 창밖의 풍경이 있다면 커튼을 치고 책만 조명할 수 있는 스탠드를 사용한다. 수업을 들을 때는 집중하기 위해 선생님과 눈을 맞추면서 수업을 듣는다.

처음에는 '5분만 전략'으로 시작한다 ● 주의가 매우 산만하다면, 처음에는 '단 5분만' 총력을 기울여 몰두하고 5분이 지나면 쉰다. 시작하기도 전에 주의가 산만해지는 것은, 집중해야 되는 시간에 부담을 느끼기 때문이다. 공부도 안 되는데 책상 앞에 머리를 싸매고 1시간 동안 앉아 있는 것보다 5분이라도 몰두하는 편이 더 낫다. 짧은 시간 동안 몰두하는 습관을 들이면서 점차 집중하는 시간을 늘리면 더 오랫동안 그리고 더 몰두해서 공부할 수 있다.

주의 집중이 잘 되는 시간대를 찾는다 ● 효과적으로 주의를 집중할 수 있는 시간은 사람에 따라서, 공부하는 내용에 따라서 다를 수 있다. 평소 공부할 때, 얼마큼 시간이 지나면 주의가 산만해지는지를 확인해두자. 자신이 주의 집중을 유지할 수 있는 시간을 알게 되면 자연스럽게 그 시간 동안은 몰두하게 된다.

1시간에 한 번은 쉬면서 공부한다 ● 주의 집중의 지속 시간이 사람마다 다르긴 하지만, 대부분의 사람들은 바이오리듬상 평균 60분이 지나면 주의가 산만해진다. 따라서 대부분의 학교 수업은 50~60분 단위로 짜여 있다. 50분 정도 지나면 자리에서 일어나 잠깐 물을 마시든지, 산책을 하든지, 눈을 감고 명상을 하든지, 음악을 듣든지, 아니면 의자를 붙들고 스트레칭을 해서 긴장을 풀어야 한다. 벽에 까만 점을 하나 찍어놓고 아무 생각 없이 5분만 집중해서 바라보라. 피로도 풀리고 집중력도 증가될 것이다. 공부는 머리가 아니라 엉덩이로 한다지만 너무 오래 엉덩이를 붙이고 있으면 학습능률이 떨어진다.

집중력이 떨어지면 다른 일을 한다 ● 어떤 과목을 공부하다가 주의가 산만해지면 다른 일을 하든지, 잠시 쉬었다가 다른 과목을 공부하라. 나는 지금도 공부를 하다가 지겨워지거나 산만해지면 곧바로 자리에서 일어난다. 그리고 책을 정리하거나 이메일 답장을 쓰거나, 아니면 청소를 한다. 그런 다음 하던 일을 계속하든지 다른 공부를 하면 다시 주의를 집중할 수 있다.

레이저의 원리를 주의 집중에 적용하자

"저는 주의 집중력이 없어요." "노력해도 집중이 안 돼요." 공부에 어려움을 느끼는 학생들이 가장 흔하게 호소하는 문제입니다. 이 같은 학생들은 주의 집중력은 일종의 타고난 능력으로, 노력해도 별로 개선될 여지가 없는 고정된 능력이라고 생각하는 것 같습니다.

주의 집중력을 증진시키고 싶다면 절대로 "주의 집중력이 없다"고 생각하지 말고 "주의 집중을 하지 않았다"고 생각해야 합니다. 나름대로 최대한 집중할 수 있는 방법을 찾아 처음에는 아주 짧은 시간, 예를 들면 '단 5분만' 집중해보십시오. 그리고 조금씩 집중하는 시간을 늘려보십시오. 그러면 더 오랫동안 더 깊이 몰두해서 공부할 수 있답니다.

You Can Do It!

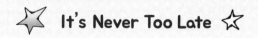
It's Never Too Late

수업에 들어갈 때는 '?'를,
나올 때는 '!'를

질문하는 자는 답을 피할 수 없다.
- 카메룬 속담

개인 교습을 받거나 학원에 열심히 나가면서, 그리고 딴에는 열심히 한다고 하는 학생들 중에서도 성적이 별로 오르지 않는다고 호소하는 학생들이 많다. 이들은 대부분 학교 수업의 중요성을 제대로 모르거나 아니면 수업 시간을 효과적으로 보내지 못하는 학생들이다.

수업 시간에 문자 메시지를 보내거나, 친구에게 쪽지를 돌리거나, 장난을 걸거나, 아니면 조는 학생들이 많다. 물론 모두 그럴듯한 이유가 있다.

"재미가 없고 지겹다."

"이미 공부한 것들이다."

"다른 과목이 더 중요하다."

"들어봐야 모른다."

"혼자서 공부하는 것이 훨씬 효과적이다."

"친구들한테 범생이로 보이기 싫다."

이는 모두 학교 수업이 얼마나 중요한지, 그것을 어떻게 하면 효과적으로 사용할 수 있는지를 모르기 때문이다.

수업에 충실해야 하는 까닭

수능시험에서 만점을 받은 학생들의 인터뷰 내용을 들어보면, 이들은 한결같이 학교 수업에 충실했다고 말한다. 그냥 해본 소리일까? 그건 아니다. 당신 주변에서 성적이 뛰어난 학생들의 태도를 살펴보면 그것이 그냥 해본 말이 아님을 알 수 있을 것이다. 왜 학교 수업을 충실히 듣는 것이 그렇게 중요할까?

첫째, 하루 중 가장 많은 시간을 수업으로 보내기 때문에 수업 시간을 어떻게 활용하느냐가 학업의 성패를 좌우한다. 수업은 새로운 내용을 배우고, 노트를 정리하고, 외우고, 시험 문제를 예상해보는 등 여러 학습 활동을 포함하고 있다. 어차피 학교를 다녀야 하고 교실에 들어가기를 선택했다면 그 시간을 최대한 자기 것으로 만드는 지혜가 필요하다.

둘째, 수업은 하루의 가장 많은 시간을 차지하고 있기 때문에 수업에 임하는 평소의 태도는 교실 밖에까지 연장되는 파급 효과를 미친다. 자기 발로 걸어 들어와 참여하는 수업을 지겹다고 툴툴거리면서 졸거나, 장난을 치며 보낸다면 나머지 시간 역시 그렇게 보낼 가능성이 많아진다. 이것을 심리학에서는 '일관성의 원리Consistency Principle'라고 한다.

셋째, 아무리 재미없게, 그리고 잘 가르치지 못하더라도 교사는 담당 과목의 전문가다. 뿐만 아니라 교사는 시험 문제를 내는 출제자다. 자기가 강조해서 가르친 내용을 문제로 내는 것이 출제자의 심리이다. 내신 성적은 담당 교사의 평가 방법과 기준에 따라 달라지기 때문에 내신 성적을 올리기 위해서라도 수업에 열중해야 한다.

넷째, 이미 알고 있는 것을 가르친다고 생각해 수업을 소홀히 하는 학생들이 있는데 이는 잘못된 생각이다. 상위권 학생들은 수업시간을 자신이 공부한 것을 확인하는 과정, 또는 복습하고 확실히 암기하는 과정으로 생각한다. 그래서 알고 있는 것을 가르쳐도 수업에 열중한다. 수업을 새로운 것을 배우는 과정이라고만 생각하는 학생들이 있다. 그들은 아는 것을 가르치는 수업을 소홀히 한다. 이들은 결코 상위권에 진입하지 못한다.

수업,

이런 자세로 임해야 한다

어떤 사람들은 자기가 해야 할 일을 앞에 두고 습관적으로 툴
툴거린다.

"이걸 꼭 해야 한단 말이야?"

"해봤자 소용없어."

"정말 지겨워."

그들은 모두 실패를 향해 가는 자들이다. 반면 이런 사람도 있다.

"이건 내가 선택한 일이야."

"어차피 할 일이라면 효과적으로 해야 돼."

"피할 수 없으면 즐기자!"

"지겨운 일도 하기 나름이야."

성공하는 사람들이 스스로에게 하는 내면의 목소리다. 학교 수업에
대한 태도도 이와 같다. 효과적으로 공부를 하기 위해서 수업에 어떤
자세로 임해야 하는지 살펴보자.

수업, 들어갈 때는 '?'를, 나올 때는 '!'를 ● 수업에 들어가기 전에는 먼
저 공부할 내용에 대한 질문들을 만들어야 한다. "무엇을 배울까?",
"어떤 것이 중요할까?", "왜 그럴까?", "무엇이 시험에 출제되고 어떤
형식으로 출제될까?" 의문점을 가지고 들어가면 당연히 수업에 열중
하게 된다. 그리고 수업이 끝날 때 "아하, 그렇구나!"라는 느낌표를 갖

고 교실을 나서게 된다. 당연히 수업은 한결 재미있어진다. 카메룬 속담에 이런 말이 있다. "질문하는 자는 답을 피할 수 없다."

배웠던 것과 배울 것을 훑어본다 ● 수업에 들어가기 전에는 반드시 전 시간에 배웠던 내용과 그날 배울 내용을 대충이라도 훑어보아야 한다. 간단하게라도 복습과 예습을 하면 교사의 설명을 이해하기가 쉽고 미리 내용을 알고 있으면 어려운 부분을 집중해서 들을 수 있다. 대부분의 교과 과정은 일련의 체계를 갖고 전개되기 때문에 복습과 예습은 전체 내용을 미리 짐작할 수 있게 해주고 수업을 자기 것으로 소화하기 쉽게 해준다.

수업이 끝나면 잠시 배운 것을 생각해본다 ● 많은 학생들은 수업이 끝나자마자 자리를 박차고 일어난다. 어떤 학생들은 "마지막으로…" 또는 "오늘은 여기까지…"라는 선생님의 말이 끝나기도 전에 책장을 덮고 튀어나갈 준비부터 한다. 수업이 끝나더라도 잠시 엉덩이를 의자에 붙여두라. 그리고 무엇을 배웠는지, 중요한 것은 무엇인지 머릿속으로 떠올려보고 정리했던 노트를 훑어보라. 여기에 쓰는 2~3분은 나중에 2~3시간 공부한 효과를 만들어낸다. 인간은 학습 후 20분만 지나면 40%는 망각한다는 사실을 잊지 마라.

편견을 갖지 말고 개방된 마음으로 수업에 임한다 ● 수업에 들어가기 전부터 지겨울 것이라고 생각하지 마라. 선생님이 잘 가르치지 못한

네 꿈과 행복은 10대에 결정된다

다고, 재미가 없다고 생각하지 마라. 선생님이 재미가 없을 때는 복잡하게 생각하지 말고 선생님의 성격 탓으로 돌려버리자. 그리고 그런 사람이 되지 않기 위해 나는 어떻게 할 것인지를 생각하자. 쓸데없는 데 에너지를 낭비하지 말고, 선생님으로부터 배울 것만 취하자.

주의 집중을 위해 선생님과 눈을 맞춘다 ● 오랫동안 수업을 듣고 있으면 지속적으로 주의를 집중하기가 어렵다. 그 이유 중의 하나는 제한된 시간 내에 말을 할 수 있는 양과 들을 수 있는 양에 차이가 있기 때문이다. 보통 말을 할 수 있는 단어는 1분당 150개 정도이지만 들을 수 있는 단어는 600개 정도이다. 그래서 남아도는 시간에 딴 생각을 한다. 이렇게 주의가 산만해지는 것을 방지하는 가장 효과적인 방법은 선생님과 시선을 맞추고 노트 정리를 충실하게 하는 것이다.

질문을 준비하고 선생님과 친해지자 ● 오랫동안 기억하는 방법 중 가장 효율적인 것은 질문이다. 자신이 질문해서 알아낸 답은 잊어버리려 해도 망각되지 않는다. 이해되지 않거나 해결할 수 없는 내용은 선생님에게 질문하라. 쑥스럽다고? 혼날 것 같다고? 대부분의 선생님들은 자기가 가르치는 것에 관심을 갖고 질문하는 학생을 좋아한다. 왜냐하면 다가와서 묻는다는 건 좋아해야 가능하다는 것을 잘 아니까. 수업 중에 질문하는 것이 쑥스럽다면 교무실로 찾아가라. 혹은 정중하게 이메일로 물어보라. 질문하기 위해 공부도 더 많이 하게 되고 그러면서 선생님과도 더 친해진다. 말할 것도 없이 선생님과 친해지면 그 과목은 더 열심히 공부할 수밖에 없다.

억양의 변화나 반복된 말에 주의를 기울인다 ● 사람들은 보통 자신이 중요하게 여기는 부분을 말할 때 크게 말하거나 아니면 주의를 기울이게 하기 위해 갑자기 목소리를 낮추어 말하는 경향이 있다. 선생님들은 반드시 외워두어야 할 내용, 꼭 알아둘 중요한 개념, 시험에 나올 만한 내용은 반복해서 언급하거나, 밑줄을 긋거나, 동그라미 등의 표시를 해서 학생들에게 신호를 보낸다. 과목별로 선생님들이 보내는 독특한 신호들을 사전에 파악해두는 것도 수업을 지혜롭게 듣는 한 가지 방법이다.

수업에 들어갈 때는 '?'를, 나올 때는 '!'를

열심히 공부하는데도 성적이 별로 오르지 않는다

고 호소하는 학생들이 많습니다. 이들은 대부분 그냥 열심히

수업을 듣기만 할 뿐, 수업 시간을 효과적으로 보내지 못하는 학생들입

니다. 수업을 그냥 열심히 듣는 것이 아니라, 공부할 내용에 대한 질문들을 만

든 다음 수업에 들어가야 합니다.

"오늘 배울 것은 무엇이고 어떤 것이 중요할까?", "그게 왜 중요할까?", "무엇이 시

험에 출제되고 어떤 형식으로 출제될까?" 이런 식의 질문을 만들어 수업에 들어가

면 당연히 수업에 더 열중하게 되고, 수업이 끝난 뒤 "아하, 그렇구나!"라는 느낌

표를 갖고 교실을 나서게 됩니다.

자신이 질문해서 알아낸 답은 좀처럼 잊히지 않습니다. 질문하는 자는

답을 피할 수 없고, 질문은 늘 답보다 더 중요합니다. 수업에 들

어갈 때는 '?', 나올 때는 '!'

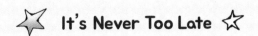

4부

지렛대를 찾아내면
공부가 즐겁다

아들아,

공부하기 힘들지?

하지만 세상의 모든 어려운 문제가 누군가에게는 쉽단다.

그들을 유심히 관찰해보면 그들에겐 한 가지 공통점이 있다.

작은 힘으로 큰일을 하게 만드는 효과적인 방법,

지렛대를 갖고 있다는 것이다.

공부 역시 효과적인 방법을 찾아내기만 하면

얼마든지 즐거운 놀이로 만들 수 있겠지?

22

책 읽기의 왕도,
PQ3R 테크닉

발견이란 남들과 같은 것을 보고 다르게 생각하는 것이다.
- 알베르트 센트 죄르지Albert Szent Gyorgyi

"열심히 공부해도 성적이 오르지 않아요."

"여러 번 읽어도 외워지지가 않아요."

"공부를 많이 해도 시험을 볼 때는 도무지 생각이 안 나요."

이렇게 하소연하는 학생들이 많다. 대개는 "머리가 나쁜가봐요"라며 IQ 탓을 한다. 과연 그럴까? 세상의 모든 어려운 문제가 누군가에게는 쉽다. 연애도, 사업도, 공부도 그렇다. 그들에겐 한 가지 공통점이 있다. 지렛대를 갖고 있다는 것이다. 지렛대란 무엇인가? 작은 힘을 가해서 큰일을 하게 해주는 모든 방법을 말한다.

모든 공부는 책을 읽는 것으로부터 시작된다. 따라서 공부를 잘하려면 당연히 효과적인 책 읽기 방법을 알고 있어야 한다. 다음에 소개하는 PQ3R 기법은 심리학자 토마스Thomas와 로빈슨Robinson이 개발한 것으로 읽기에 관한 한 가장 효과적인 방법으로 검증된 것이다. 이 기법에 대해 살펴보기 전에 할 일이 있다. 먼저 다음에 제시되는 소제목만을 읽어보라. 그리고 이 책에서 주장하고자 하는 바에 대한 대체적인 윤곽을 추측해보라. 그리고 그것들이 무슨 의미를 갖고 있는지, 왜 중요한지 등에 대한 나름대로의 질문을 만들어라. 그리고 그것이 끝나면 다시 읽기 시작하라.

1단계:
대충 훑어보고 윤곽을 파악한다

낯선 곳으로 여행이나 등산을 갈 때는 반드시 먼저 지도를 펴놓고 코스를 살펴보아야 한다. 길눈이 밝은 운전자들에게는 공통점이 있다. 그들은 시동을 걸기 전에 반드시 지도를 보고 대체적인 코스를 먼저 파악한다. 그래야 시간도 적게 걸리고, 길도 잃지 않으며, 나중에 지나온 거리도 잘 기억할 수 있다.

책을 읽는 것도 마찬가지다. 많은 사람들이 책을 들면 첫 페이지 좌측 상단부터 읽어나가기 시작한다. 이는 마치 낯선 길을 여행할 때 무작정 출발부터 하는 것과 같다. 책을 제대로 읽기 위해서는 사전 검토부터 해야 한다. 꼼꼼하게 읽어보기 전에 전반적인 줄거리를 대충 훑어보고 책의 전체적인 윤곽을 파악하는 것이다.

네 꿈과 행복은 10대에 결정된다

요약 부분이 있다면 그것부터 읽어야 한다. 그리고 공부할 내용의 제목이나 소제목을 살펴보고 공부할 내용의 윤곽을 파악해야 한다. 제목이나 하위 제목들의 관계를 살피면서 어떤 내용들이 전개될지 사전에 짐작해 보자. 전체적인 윤곽을 대충 파악한다고 생각해야 부담이 없다.

2단계:
의문을 제기한다

책을 꼼꼼하게 읽기 전에 거쳐야 할 또 하나의 단계는 질문하는 단계이다. 질문이란 대체적인 윤곽을 파악하기 위해 제목이나, 요약한 내용 또는 소제목들을 훑어보면서 책에서 설명할 것에 대해 미리 질문하는 것을 말한다. "무슨 의미지?", "왜 중요하지?", "전후 내용이 어떻게 연결되지?" 또는 "어떻게 적용할 수 있지?" 등으로 평소에 의문을 제기하면서 글을 읽는 사람은 그러지 않은 사람보다 읽은 내용을 더 많이 그리고 더 오래 기억한다.

공부에서건 일상생활에서건 기억한다는 것은 언젠가 주어질 수 있는 질문에 대한 대답을 준비하는 것이라고 할 수 있다. 질문을 하면서 공부를 하면 지금 읽고 있는 내용에 대한 호기심을 자극할 뿐 아니라 내용 자체에 대한 이해를 촉진할 수 있다. 따라서 기억도 더 잘할 수 있다.

모르는 사람들이 처음 만나면 서로 자기의 이름을 소개한다. 그런데 악수를 끝낸 다음에는 십중팔구 상대의 이름을 잊어버린다. 이름을 잘 기억하는 사람들은 다르다. 그들은 "한자로는 어떻게 쓰시죠?"와 같이 소개받자마자 상대의 이름을 사용해서 질문을 한다. 그래서 이름도 잘 외우고 더 빨리 친해진다. 스스로 질문을 만들고 그 답을 찾아보면 그냥 읽거나 기계적으로 외우는 것보다 훨씬 기억을 더 잘할 수 있다.

심리학자인 브랜스포드Bransford는 초등학생들을 대상으로 한 실험을 통해 질문이 기억에 미치는 영향력을 확인했다. 그는 처음에는 어린이들에게 문장들을 들려준 다음에 기억 검사를 했다. 두 번째 단계에서는 "친절한 사람은 우유를 샀다"는 것과 같은 문장을 들려주면서 "친절하다는 것이 우유를 사는 것과 무슨 관계가 있지?" 식의 질문들을 만들면서 외우도록 한 후에 기억 검사를 했다. 문장을 기계적으로 반복해서 외웠을 때에 비해, 질문을 만들면서 외웠을 때의 기억 정도가 극적으로 상승했다. 질문함으로써 공부한 내용이 더 의미 있게 되고 정교화되기 때문이다. 이처럼 정교화를 통해 기억을 증진시키는 기법을 심리학에서는 '정교화 기법laboration Technique'이라고 한다.

네 꿈과 행복은 10대에 결정된다

3단계:
의문에 대한 답을 찾으면서 정독한다

책 읽기의 세 번째 단계는 정독 단계이다. 많은 학생들은 책을 읽는 것을 공부의 첫 단계라고 생각한다. 그러나 그것은 잘못된 생각이다. 책을 정독하는 것은 공부의 첫 단계도, 마지막 단계도 아니며, 또한 항상 가장 중요한 단계라고 볼 수도 없다.

제대로 책을 읽으려면 앞서 제기된 문제들의 답을 찾는다는 생각으로 읽어야 한다. 공부를 하기 위해 책을 읽는 것은 무협지를 읽는 것과는 다르다. 적극적으로 읽기 위해서는 자신, 저자 또는 교사가 던질 수 있는 여러 가지 질문들에 대한 답을 찾는다는 생각으로 정신을 집중해서 읽어야 한다.

이 단계에서는 이미 알고 있는 다른 것들과 현재 읽고 있는 내용들 간의 관계를 파악하고, 중요한 것과 그렇지 않은 것이 무엇인지를 구분하면서 읽어라. 그리고 중요한 개념이나 내용이 있으면 형광펜으로 칠하거나 밑줄을 긋거나 아니면 자기만의 기호를 사용해서 표시해두는 것이 좋다. 책에 있는 내용을 수동적으로 읽지 말고 전후 맥락을 살피고, 다른 내용과 비교하고 비판해가면서 읽어야 머리에 오래 남는다.

4단계:
간간이 돌이켜보고 암송한다

학습한 내용을 확실히 이해하고 기억하기 위해서는 주기적으로 책을 읽는 것을 중단하고 지금까지 읽었던 내용을 암송해보아야 한다. 사전 검토 단계에서 잡았던 윤곽을 중심으로 주제별 또는 단계별로 제기된 의문들에 대한 답을 정리해가면서 기억하는 것이다. 한꺼번에 읽어치우겠다는 생각을 하지 말고 간간이 책 읽기를 멈추어라. 그리고 눈을 감거나 책을 덮어라. 그런 다음 지금까지 읽었던 내용을 암송하라. 어느 정도 회상할 수 있는지, 무엇이 생각나고 무엇이 회상되지 않는지를 확인하자.

책을 모두 읽고 난 다음에 암기하려고 하면 너무 늦다. 우리의 단기기억 용량은 극히 한정되어 있어서 읽는 도중 잊혀지는 부분도 많기 때문이다. 그렇다고 한 단락을 마칠 때마다 암기하는 것도 좋지 않다. 너무 자주 암기를 위해 멈추는 것은 전체적인 내용을 파악하는 데 지장을 주기 때문이다.

5단계:
전체 내용을 재검토하고 암기한다

재검토란 마지막 단계이며, 재음미하는 단계이다. 이것은 학생들이 시험을 보기 전에, 이미 배운 내용을 한꺼번에 검토하는 것과 같다. 재검토는 일종의 개관이다. 첫 번째 단계인 사전 검토가 책을 읽기 전의 개관이라면, 재검토는 공부했던 것을 전반적으로 개관하는 것이다.

책 속에
길이있고
아는 길도
물어가는 법!
하물며
모르는 길이라면
"예습"이
필수!

앞서 공부한 장이나 절의 제목을 훑어보면서, 그 제목들이 무엇을 다루고 있으며, 서로 어떤 관련성을 가지고 있는지를 자문자답해가면서 각 제목에 따른 내용을 다시 되새겨보고 회상해보는 것이 효과적이다. 재검토할 때는, 배운 내용을 다시 개관하고 나서, 자신이 모르고 있거나 잊어버린 부분이 무엇인지를 찾아내는 것이 중요하다. 그리고 기억나지 않는 내용들을 집중적으로 암기해서 기억해둘 필요가 있다. 왜냐하면 재검토할 때 기억나지 않는 것들은 시험을 볼 때나 아니면 훗날 기억을 해내야 할 때 까맣게 잊어버릴 가능성이 그만큼 많기 때문이다.

책 읽기의 왕도, PQ3R 테크닉

모든 공부는 책을 읽는 것으로부터 시작됩니다.

따라서 공부를 잘하려면 당연히 효과적인 책 읽기 방법을 알

고 있어야 합니다. 심리학에서 가장 효과적인 책 읽기 방법으로 검증

된 PQ3R 기법은 다음 5단계로 진행됩니다.

①대충 훑어보면서 전체 윤곽을 파악하는 사전 검토 단계(Preview) ②요약

한 내용이나 소제목들을 훑어보면서 미리 질문하는 단계(Question) ③중요

한 것과 그렇지 않은 것이 무엇인지를 구분하면서 꼼꼼하게 읽는 정독 단계

(Read) ④주제별 또는 단계별로 제기된 의문들에 대한 답을 머릿속에 정리하

는 기억 단계(Recite) ⑤앞서 공부한 장이나 절의 제목을 훑어보면서 그에

따른 내용을 다시 되새겨보는 회상 혹은 사후 검토 단계(Review).

PQ3R 기법을 사용해 책을 읽어보십시오. 그냥 읽을 때와 완전

히 다른 느낌이 듭니다.

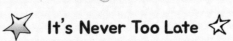

부담스런 예습,
이렇게 시도하자

그냥 보기see는 쉬워도 앞을 내다보기foresee는 어렵다.
- 벤저민 프랭클린Benjamin Franklin

본론으로 들어가기 전에 한 가지 실험을 해보자. 다음 내용을
한 번 읽어보자.

절차는 실제로 매우 간단하다. 우선 물건들을 몇 개의 그룹들로 분류
해야 한다. 물론 할 것이 얼마나 많은가에 따라 달라지겠지만, 한 무더기
로도 충분할 수 있다. 만일에 시설이 안 되어 있으면 다른 곳으로 가야
할 것이다. 그럴 필요가 없다면 이제 거의 준비가 된 셈이다. 너무 무리
하지 않는 것이 중요하다. 즉 한꺼번에 너무 많이 하기보다는 다소 적게
하는 것이 더 낫다. 짧은 시간 동안만 할 때는 별 일 아닐 수도 있으나
오래 할 때는 짜증이 날 수 있다. 또한 실수하면 큰 손해를 볼 수도 있다.

처음에는 전체 과정이 복잡하게 느껴질 수도 있다. 그러나 곧 일상사의 하나가 될 것이다. 당분간은 이 일을 다시 할 필요성이 없어질 수도 있으나 그렇지 않은 경우도 있다. 절차가 끝난 다음에는 물건들을 다시 정리해야 한다. 그 다음에 이것들을 적절한 장소에 보관해야 한다. 결국 이것들은 또다시 사용될 것이며, 전체 과정은 다시 반복될 것이다. 그렇지만 이것은 생활의 한 부분이다.

다 읽었으면 이제 책장을 덮고 종이를 한 장 꺼내, 읽었던 내용을 가능한 한 모조리 기억해서 종이에 적어보자. 다 적었는가?

모르긴 해도 무슨 내용인지 이해하는 것도 쉽지 않고 기억하는 것도 쉽지 않았을 것이다. 이제 책을 다시 펴고 한 번 더 읽어라. 읽으면서 그 내용이 무엇을 설명하는 것인지를 추측해보자. 그리고 아래에 있는 빈 칸에 추측한 바를 적어보라. 잘 모르겠다고 포기하지 말기 바란다. 중요한 것은 문장을 읽으면서 그것이 무엇을 의미하는지를 예상해보는 일이다.

위의 내용은 어떤 일을 설명하는 내용인가? 한 단어로 적어보라.

앞의 내용은 빨래하는 과정을 설명한 것이다. 당신이 예상한 것과 같은가? 아니면 다른가? 자, 이제 빨래하는 과정을 설명하는 것이라고 생각하면서 다시 한 번 읽어보자. 그리고 책을 덮은 다음 기억나는

모든 것을 또 다른 종이에 써보라. 그런 다음 앞에서 기억해서 썼던 내용과 비교해보라.

어느 쪽이 더 쉽게 기억되는가? 말할 것도 없이 후자일 것이다. 브랜스포드라는 유명한 기억심리학자는 많은 피실험자들에게 위의 내용을 읽고 기억하게 하면서 '빨래'라는 힌트를 주지 않았을 때와 힌트를 주었을 때를 비교했다. 결과는 판이했다. 힌트를 받으면 내용도 쉽게 이해하고 기억도 2배 이상이나 많이 해냈다.

왜 그럴까? 예측할 수 없는 내용은 감을 잡기가 어렵고 감이 잡히지 않으면 기억도 안 되기 때문이다. 예습이 왜 필요한지 이해가 되는가? 아직도 감이 잡히지 않으면 또 한 번 간단한 실험을 해보자. 다음의 알파벳을 읽고 의미가 있는 영어 단어가 되도록 만들어 보라.

1. LAPEP	2. GAOREN	3. UNCOTCO

쉽게 맞출 수 있는가? 어렵다고? 그렇다면 힌트를 하나 주겠다. 세 단어는 모두 과일 이름이다. 훨씬 더 빨리 맞출 수 있지 않은가?

공부할 때도
지도가 필요하다

낯선 길이라도 여유 있게 잘 찾아가는 운전자들과 허둥대고 헤매는 운전자들 사이에는 한 가지 차이점이 있다. 전자는 반드시 출발하기 전에 지도를 본다는 것이다. 반면 후자는 무작정 출발하고 본다는 것이다. 공부를 하는 것도 모르는 것을 알아가는 것이며 목표가 있다는 점에서 일종의 운전이며 여행이다. 예습을 하지 않고 수업에 들어가거나, 대체적인 윤곽을 잡지 않고 본격적으로 공부를 시작하는 것은 준비 없이 여행을 떠나는 것과 같다.

당신은 조각 그림 맞추기를 해본 적이 있을 것이다. 도대체 어떤 그림인지 감을 잡기가 어려울 때는 이런 생각이 든다. '완성된 그림이 무엇인지 잠깐만 볼 수 있으면 좋을 텐데' '어떤 내용인지 힌트라도 있으면 훨씬 쉬울 텐데' 그러면서 조각 그림을 맞출 때 완성된 전체 그림을 머릿속에 그려보는 것이 얼마나 중요한지를 철저하게 경험했을 것이다. 무작정 이리저리 짜 맞추려고 할 때는 몇 시간이 걸리는 것도 힌트를 듣거나, 조각들을 통해 완성된 그림을 예상해보면 훨씬 쉽게 맞출 수 있는 것이 조각 그림 맞추기이다.

모르는 것을 알아간다는 점에서 공부란 조각 그림 맞추기와 같다. 해마다 입시철이 되면 수석 합격생들의 인터뷰 기사가 신문에 보도된다. 그들은 이구동성으로 예습의 중요성을 강조한다. 그냥 하는 말이 아니다. 그만큼 예습은 중요하다.

앞쪽 단어 만들기의 정답 :
1. APPLE   2. ORANGE   3. COCONUT

예습을 소홀히 하는
까닭

"열심히 공부해도 성적이 안 올라요."

"제 친구는 저보다 공부를 열심히 하지 않는 것 같은데 성적은 더 좋아요."

물론 성적은 공부의 양에 비례한다는 것이 상식이다. 그러나 무작정 열심히 해서 얻을 수 있는 것은 한계가 있다. 공부를 열심히 해도 성적이 오르지 않는다고 하는 학생들 중에는 예습을 하지 않거나 아니면 예습을 하더라도 효과적으로 하지 못하는 경우가 많다. 예습을 소홀히 하는 데는 몇 가지 이유가 있다.

첫째, 예습의 필요성을 모르기 때문이다. 의외로 많은 학생들이 공부란 그저 열심히 하는 것이라고 생각한다. 부자가 되기 위해서는 노력도 필요하지만 요령이 더 큰 몫을 차지한다. 열심히 일만 한다고 반드시 부자가 되는 것은 아니다. 공부도 잘하기 위해서는 요령이 필요하다. 우선 예습이 왜 필요한지를 알아야 한다.

둘째, 예습의 필요성은 알지만 지나치게 부담스럽게 생각하기 때문이다. 예습이 중요한지는 알지만 그것을 실행에 옮기지 못하는 학생들은 예습의 개념을 잘못 파악하고 있다. 예컨대, 공부할 내용을 미리 모두 이해해야 한다거나, 모르는 영어 단어의 뜻을 모두 찾아야 한다는 식이다. 그래서 예습을 부담스럽게 여긴다. 그러나 예습을 그렇게 부담스럽게 생각할 필요는 없다.

셋째, 예습에 대한 태도가 부정적이기 때문이다. 많은 학생들이 예습을 하기도 전에 "이걸 정말 해야 된단 말이야?" 또는 "어차피 해봐야 안 될 텐데…"라고 투덜거린다. 그러니 하기 싫은 게 당연하다. 예습을 하기 위해서는 예습에 대한 태도부터 긍정적으로 바꾸어야 한다. "몰라도 좋아. 그냥 훑어보는 거야" 또는 "내가 모른다는 것을 안다는 것도 소득이야"라고 말이다.

학생 자신뿐 아니라 부모들도 자녀에게 복습의 중요성을 강조하는데, 사실 복습보다는 예습이 성적을 올리는 데 훨씬 더 중요한 역할을 한다. 한 일간지 조사에 의하면 예습이 복습보다 3~7배가량 효과가 높으며, 예습을 했을 때 이해력이 90%라고 한다면 예습을 하지 않았을 때는 50%에도 미치지 못한다. 열등생과 우등생은 수업 내용을 얼마나 기억하는지에 따라 나뉘는데, 이 기억의 차이는 강의에 대한 이해력에 따라 결정된다. 예습은 수업 내용에 대한 이해력을 증진시킬 뿐 아니라 선생님의 질문에 좀 더 능동적으로 행동할 기회를 준다. 이런 행동은 수업에 집중하게 할 뿐 아니라 더 나아가 자신감을 갖게 하고 선생님과의 관계를 향상시키는 부수적인 효과를 만들어낸다.

예습을 효과적으로 하는 방법들

성공적인 사업가들은 어떤 새로운 사업을 시작할 때 반드시 결과를 미리 예상하고 기록한다. 그리고 나중에 실제 결과와 비교해 본다. 그래야 무엇을 잘하고 무엇을 못했는지, 또 어떤 점을 보완해야 하는지 알 수 있기 때문이다. 공부도 마찬가지다. 예습을 통해 자신이 알고 있는 것과 모르고 있는 것, 단점과 장점이 무엇인지를 아는 것이 바로 성패의 관건이다. 마찬가지로 예습을 통해 자신이 알고 있는 것과 모르고 있는 것, 공부 방법의 장점과 단점, 잘하는 것과 못하는 것이 무엇인지 아는 것은 지속적이고 성공적인 학습의 관건이다.

예습을 통해 얻을 수 있는 또 다른 이득은 놀 수 있는 시간을 만들어준다는 것이다. 예습을 하고 난 뒤 수업을 들으면 이해와 암기가 잘되기 때문에 그만큼 시간을 벌 수 있다. 따라서 성적은 향상시키면서도 놀 수 있는 시간이 늘어난다.

사람은 자기가 알고 있거나, 모른다는 사실을 알고 있는 어떤 것을 배울 때 주의를 기울이고 호기심이 발동한다. 그래서 예습을 하면 수업 중에 더 열심히 들을 수 있다. 그것뿐만이 아니다. 앞에서 예를 든 '빨래' 문제처럼 기억력을 증진시킨다는 점 역시 예습의 매력이다. 그렇다면 부담스러운 예습을 어떻게 하면 몸에 배게 할 수 있을까? 그에 대한 답은 자전거를 배우고 싶은 아이들에게 해줄 수 있는 대답과 같다. 일단 시도하라는 것이다. 자전거 타기와 마찬가지로 새로운 습관을 몸에 배게 하려면 4단계를 거치게 된다.

1단계: 무의식/무실행 ● 자전거를 타고 싶은 생각도 없고 탈 수도 없는 상태처럼 예습의 필요성도 모르고 예습을 하지도 않는 단계이다.

2단계: 의식/무실행 ● 자전거를 타고 싶다고 생각은 하지만 아직 자전거 타기를 시도하지 않는 것처럼 예습의 필요성은 알지만 예습을 하지 않는 단계이다.

3단계: 의식/실행 ● 의식적으로 노력해야 넘어지지 않고 자전거를 탈 수 있는 것처럼 예습을 하려고 부단히 애를 써서 예습을 하지만 여전히 예습하는 것이 어렵고 힘든 단계이다.

4단계: 무의식/실행 ● 의도적으로 노력하지 않고도 자전거를 잘 탈 수 있듯이 의식적인 노력을 하지 않고도 습관적으로 예습을 하게 되는 '단계'이다.

예습, 그것도 하다 보면 익숙해진다. 아직 그런 단계가 아니라면 다음과 같은 요령으로 예습을 연습하자.

시도하는 데 의미를 부여한다 ● 처음에는 완벽하게 하려고 무리하지 않는 게 중요하다. 성과에 너무 연연하지 말아야 한다. 수업에 들어가기 전에 제목이나 소제목, 그림이나 도표 또는 고딕체같이 강조된 주요 개념만 훑어보는 것도 예습이다. 예습과 친해지기 위해서는 처음부터 예습으로 진을 빼서는 안 된다. 너무 힘들고 고달픈 것은 하기 싫은 게 사람의 심리니까. 대충이라도 일단 하다 보면 수업이나 공부를 대하는 태도가 달라진다.

아는 것과 모르는 것을 구분해본다 ● 대충 훑어보면서 자신이 알고 있는 것과 모르고 있는 것이 무엇인지를 파악해보라. 수학 문제를 풀 때면 어디에서 막히는지 확인해두라. 영어 문장을 예습할 때는 해석이 되는 부분과 안 되는 부분이 무엇인지 찾아보라. 아는 것이 전혀 없다고? 그래도 좋다. 그것만으로도 수업의 집중도는 높아진다.

질문이나 보충할 것은 메모를 해둔다 ● 교재에서 이해하기 어려운 점이나 의문이 나는 점, 문제를 풀다가 막히는 점을 표시해두거나 메모를 해놓자. 그리고 적어도 한두 개의 질문을 만들어서 수업 중에 질문을 하든지, 참고서적을 보고 보충하자. 그러면 예습을 하지 않았을 때에 비해 학습 성과가 판이하게 달라질 것이다.

알고 있는 것을 통해 모르는 것을 예상해본다 ● 지난 시간에 공부한 내용을 개략적으로 검토하면서 새로 공부할 것이 무엇인지 추측해보라. 만약 영어 예습을 한다면 모르는 단어를 모두 사전에서 찾아서 해석하려고 하지 말고, 아는 단어만으로 전체적인 내용을 그냥 추측해보라. 틀려도 상관없다. 단지 추측만 해봐도 수업을 들으면서 추측했던 내용 중 무엇이 틀렸는지를 알게 해주기 때문에 이해와 기억을 증진시킨다.

부담스러운 예습, 이렇게 시도하자

복습도 중요하지만 예습이 훨씬 더 중요합니다.

조사에 따르면 예습이 복습보다 3~7배가량 효과가 높고, 예습

을 했을 때 이해력이 90%라고 한다면 예습을 하지 않았을 때는 50%에

도 미치지 못합니다.

열등생과 우등생은 수업 내용을 얼마나 기억하는지에 따라 나뉘는데, 이 기억의

차이는 수업 내용에 대한 이해력에 영향을 받고, 수업 내용의 이해력은 예습 여부

에 의해 결정됩니다. 또한 예습을 하면 선생님의 질문에 좀 더 능동적으로 행동하

게 됩니다.

사람들은 자기가 이해할 수 있는 것을 배울 때 주의를 기울이므로 예습은 수

업에 대한 호기심과 학습동기를 높여줍니다. 그래서 예습을 하면 수업

에 더 몰두할 수 있고 자연스럽게 좋은 성적으로 이어집니다.

예습을 하면 들리는 것이 달라집니다.

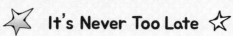

안 보면 멀어진다
-복습의 노하우

이해할 수 없는 것은 창조할 수 없다.
- 리처드 파인만Richard Feynman

공부라는 것은 미지의 숲 속에 길을 만드는 것과 같다. 길이 없는 곳이라도 반복해서 걸어 다닌다면 발자국의 흔적으로 길이 만들어질 것이다. 그러나 아무리 공을 들여 닦아놓은 길이라도 사람들이 걸어 다니지 않으면 그 길은 결국 언젠가는 사라져버린다.

간단한 실험을 해보자. 다음에 제시되는 13개의 무의미한 단어들을 천천히 소리 내서 읽어보라. 다 외울 수 있을 때까지 반복하라.

YEQ MYV XYF QEJ NIJ WUQ

NYV PYB GEX ZOF DUJ BIW RUV

다 기억할 수 있는가? 그러면 이제 책을 덮고 종이 한 장을 꺼내라. 그리고 생각나는 모든 단어들을 그 종이에 적어라. 아직 책을 펼쳐보지 말고 종이를 엎어놓고 시계를 보라. 그냥 기다리든지 뭔가를 하든지 20분이 지나면 새로운 백지를 한 장 더 꺼내라. 그리고 앞서와 마찬가지로 생각나는 모든 단어들을 적어보라. 그리고 당신이 맞힌 단어가 몇 개나 되는지 확인하라.

공부한 내용,
얼마나 빨리 사라지나?

인간의 두뇌가 한 번에 처리할 수 있는 정보량은 약 일곱 자릿수에 불과하다. 새로운 것을 받아들이고 이미 기억 속에 저장된 정보를 불러내는 능력에도 한계가 있다. 독일의 심리학자 에빙하우스Ebbinghaus는 사람들이 어떤 것을 학습한 후, 시간에 따른 망각률을 그래프로 그려보기로 했다. 이를 위해 그는 앞에서 제시한 것처럼 자음-모음-자음의 3개의 철자를 조합해 수천 개의 무의미한 단어들을 만들어냈다. 그리고 그중 13개씩을 골라 박자에 맞춰 완전히 외울 때까지 소리 내서 읽었다. 그리고 20분, 1시간, 9시간, 24시간, 2일, 6일, 31일이 지난 다음 그중 몇 개를 기억해낼 수 있는지를 기록했다.

1885년, 드디어 그는 스스로가 연구 대상이 되어 수없이 반복한 실험 결과를 토대로 망각 곡선을 작성했다. 이후 수많은 심리학자들의 연구 결과가 에빙하우스의 망각 곡선과 일치하면서 그는 기억연구 분야의 선구자가 되었다. 그의 연구 결과에 따르면, 우리는 겨우 13개 밖에 안 되는 무의미한 단어를 학습하고 난 다음 최대한 많이 기억하려고 노력해도 20분만 지나면 그중 58% 정도밖에 기억을 하지 못한다. 그리고 1시간이 지나면 회상률은 46%로 떨어진다.

그 후 70여 년이 지난 1954년, 기억 과정에 관심을 가진 인디애나 대학의 피터슨Peterson 교수는 망각과 관련된 놀랄 만한 연구 결과를 발표했다. 사람들에게 3개의 자음 철자를 잠깐 보여주고 기억하게 한 후 검사해보니 대부분의 사람들이 3초가 지나면 50%, 9초가 지나면 25%, 18초가 지나면 8%밖에 기억해내지 못했다. 3개의 단어를 외우라고 했을 때도 기억 정도는 매우 저조했다. 놀랍지 않은가?

이 실험 과정을 조금 더 알고 보면 별로 놀랄 일도 아니다. 3개의

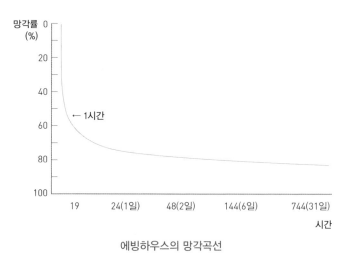

에빙하우스의 망각곡선

철자를 보여준 다음 백 단위 숫자예. 485에서 3씩 계속해서 빼도록 암산을 시킨 것이다. 에빙하우스의 연구 결과와 피터슨 교수의 연구 결과가 왜 그렇게 큰 차이를 보이는지 이해가 가는가? 뭔가를 배우고 난 다음에 그것을 반복해서 암송하지 않으면 학습한 내용이 우리의 기억 창고에 저장되지 않기 때문이다. 배운 것을 금방 까먹게 되는 것은 피터슨 교수의 실험에서 실험 참여자들에게 연속적인 빼기 계산을 시켜 암송을 방해한 것처럼 우리가 공부를 하고 난 후 다른 일들을 해서 암송을 방해했기 때문이다.

복습은
왜 필요한가?

컴퓨터 워드프로세서 프로그램을 사용해 오랜 시간을 애써 작성했던 문서를 날려버린 적이 있는가? 컴퓨터를 사용해본 사람이라면 누구나 한두 번은 이런 경험이 있을 것이다. 컴퓨터의 저장 기능은 두 가지로 구분된다. 하나는 버퍼에 잠시 저장되는 것이고 또 하나는 하드디스크나 USB 등의 저장장치에 저장되는 것이다. 버퍼에 저장되는 정보는 전기가 나가서 컴퓨터가 꺼지거나 프로그램이 정지되면 그 순간 흔적도 없이 사라진다. 작업한 내용을 나중에 사용하기 위해서는 반드시 하드디스크나 USB 같은 영구 저장장치에 따로 저장해두어야 한다.

인간의 기억 역시 단기 기억과 장기 기억 두 가지로 구분된다. 단기 기억이란 컴퓨터의 버퍼에 남아 있는 내용에 해당하며, 장기 기억이란 디스크에 저장된 데이터와 같다. 단기 기억은 뇌의 구조적인 변화를 수반하지 않기 때문에 시간이 지나면 감쪽같이 사라지는 기억이다. 낯선 사람의 전화번호를 알려주고 통화를 하게 한 다음 그 전화번호를 물어보면 대부분 기억해내지 못한다. 왜냐면 그것이 단기 기억 속에 일시적으로만 저장된 것이기 때문이다. 그러나 자기 집의 전화번호나 친구들의 전화번호는 수첩을 찾지 않고 언제든지 기억해낼 수 있다. 컴퓨터의 하드 디스크에 영구적으로 저장된 기억처럼 뇌의 신경회로에 기록이 되어 있기 때문이다. 마찬가지로 공부할 때 학습한 내용을 반복적으로 암송하고 복습을 해야 장기적으로 저장된다.

효과적으로 복습을
하기 위한 방법

"제 친구 아무개는 그렇게 열심히 공부하지 않는 것 같은데도 성적이 좋아요."

피땀 흘려 공부해도 별로 성과가 좋지 않은 학생들이 있는가 하면, 별로 열심히 하지 않는 것 같은데도 성적은 좋게 나오는 학생들이 있다. 그들에겐 한 가지 공통점이 있는데, 특히 복습을 효과적으로 한다는 것이다.

네 꿈과 행복은 10대에 결정된다

공부한 직후에 복습하는 것을 습관화한다 ● 앞에서 우리는 학습한 후 20분만 지나도 50% 가까이 망각한다는 사실을 배웠다. 따라서 첫 번째 복습은 공부한 직후에 해야 한다. 그럴 만한 시간이 없다고? 그건 사실일지 모른다. 그러나 그것은 복습을 너무 완벽하게 해야 한다고 생각하기 때문이다. 정리된 노트나 책을 단지 몇 분 동안만 훑어보아도 우리는 뇌에 기억의 흔적을 남길 수 있다. 늦어도 하루가 지나기 전에 한 번은 공부한 내용을 대충이라도 훑어보는 습관을 들여야 한다. 그러면 훨씬 경제적으로 공부할 수 있을 것이다.

틈나는 대로 배운 것을 떠올려본다 ● 좋아하는 노래를 배우기 위해서 우리는 틈날 때마다 가사와 멜로디를 떠올리면서 노래를 불러본다. 공부도 마찬가지다. 버스 속에서, 화장실에서 또는 식사하면서, 틈이 나는 대로 공부했던 내용을 떠올려본다면 당신은 훨씬 적게 공부하면서 좋은 성적을 받을 수 있다. 시간을 따로 할애해서 복습을 해야 한다고 생각하지 말고 자투리 시간을 효과적으로 이용하자.

어떤 식으로든 강한 흔적을 남긴다 ● 공부했던 내용을 돌이켜보며 빠진 것, 틀린 것을 확인하고 보충하면서 그것에 색연필이나 형광펜 등을 사용하거나 자기만의 기호를 사용하여 강한 흔적을 남겨라. 그러면 공부한 내용이 머리에 더욱 뚜렷하게 각인된다. 복습 노트를 따로 만드는 것도 흔적을 강하게 남기는 한 가지 방법이다.

비판적으로 분석하고 자기만의 언어로 정리한다 ● 수업에서 들었던 내용이나 책에서 배운 내용을 기계적으로 암기하지 마라. 기계적인 암기보다는 배웠던 내용을 질문으로 바꿔보고 문제점이 무엇인지 비판해보면서 전반적인 내용을 자기만의 언어로 정리하라. 그러면 기억의 흔적도 뚜렷해질 뿐 아니라 배운 내용과 관련된 응용문제를 풀 때 유리하다. 공부한 내용에 대해 의문을 갖고 비판적으로 사고하면 답을 찾기 위해 뇌의 여러 신경회로들이 서로 정보를 주고받아야 하기 때문에 창의성도 향상된다. 또 복습을 할 때는 과목이나 출제 유형에 따라 다른 방식으로 복습을 해야 더 효과적이다.

긍정적으로 생각하고 적극적으로 복습한다 ● '정말 지겨워!', '이것을 꼭 해야 하나?'라는 생각을 갖고 복습을 한다면 뇌에 흔적이 남지 않는다. 여러 사람을 소개받는 자리에서도 유별나게 어떤 이름이 잘 기억될 때가 있다. 어떤 사람의 이름인가? 개성이 강하거나 당신에게 호감을 주는 사람일 것이다. 강한 흔적을 남기려면 우선 배운 것을 좋아해야 한다. 좋아하는 것은 기억하기가 쉽고 싫은 것은 기억하기가 힘들다. 이것이 인간의 대뇌가 컴퓨터와 다른 점이다. 공부한 것에 대해 어떤 식으로든 의미를 부여하라. 그러면 좋아하게 될 것이고, 그래야 기억도 잘 된다.

안 보면 멀어진다-복습의 노하우

독일의 심리학자 에빙하우스는 학습한 내용이 시간이 지나면서 얼마나 빠른 속도로 망각되는지를 연구해 그 유명한 '망각 곡선'을 그려냈습니다. 그의 연구 결과에 따르면 우리는 겨우 13개밖에 안 되는 무의미한 단어를 학습하고 난 다음 20분만 지나도 그 중 58% 정도밖에 기억을 하지 못합니다. 1시간이 지나면 46%밖에, 24시간이 지나면 20~30%밖에 기억하지 못합니다. 그러니까 적어도 하루가 지나기 전에 반드시 복습을 해줘야 한다는 얘기입니다.

복습을 너무 거창하게 생각할 필요는 없습니다. 노트나 책을 대충 훑어보거나 머릿속으로 떠올려 보는 것만으로도 뇌에 기억의 흔적을 남길 수 있습니다. 늦어도 하루가 지나기 전에 한 번은 공부한 내용을 대충이라도 훑어보는 습관을 들여 보십시오. 틈나는 대로 공부했던 내용을 머릿속에 떠올려보는 것만으로도 큰 효과를 볼 수 있습니다.

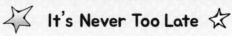

It's Never Too Late

노트 정리,
인테리어를 하듯이

나는 사람들로부터 들은 모든 것을 기록했다.
그것으로 나는 노벨 문학상을 받았다.

- 알렉산드르 솔제니친Aleksandr Solzhenitsyn

이런저런 핑계를 대면서 노트 정리를 하지 않는 학생들이 있
다. 또 필기가 필요하다고 생각하면서도 노트 필기를 하지 않는 학생
들도 있다. 심리학자 리처드 페퍼Richard Peper와 리처드 메이어Richard
Mayer는 학생들에게 강의 비디오를 보여주었다. 한 집단에게는 노트
필기를 하면서 비디오를 시청하게 했다. 다른 집단은 노트 필기를 하
지 않고 그냥 비디오만 시청하게 했다. 그런 다음에 강의 내용에 대한
시험을 보았다. 노트 필기를 하지 않은 학생들은 핵심 개념보다는 거
기에서 소개되는 사례들을 더 많이 회상한 반면 노트 필기를 한 학생
들은 강의에서 다룬 핵심적인 개념을 더 많이 기억했을 뿐 아니라 강
의에서 언급되지 않은 관련 개념도 훨씬 더 많이 알고 있었다. 왜 그

럴까? 필기를 하면서 능동적으로 조직화하고 알고 있던 지식과 더 많이 통합시켰기 때문이다.

필기를 하지 않고 수업을 들으면 정작 중요한 내용은 기억나지 않고 사례들이나 선생님이 했던 농담과 같이 별로 중요하지 않은 것만 기억에 남는다. 심리학자 데이비드 호우David Howe는 강의를 듣고 나름대로 요약해서 정리한 내용을 필기한 학생들과 강사가 말한 내용을 그대로 자세히 필기하는 학생들을 비교한 바 있다. 나중에 시험을 친 결과, 전자가 후자보다 훨씬 더 많은 내용을 기억하고 있었다. 요약해서 정리할 경우 정보를 더 의미 있게 조직화할 수 있기 때문이다.

집중력을 높이고
이해 수준을 향상시킨다

필기를 하지 않는 상당수 학생들은 필기를 하지 않고 듣기만 하면 수업에 더 열중할 수 있으리라고 생각한다. 그러나 실은 그와 반대다. 노트 정리를 하지 않고 듣고만 있으면 처음에는 선생님의 말이 귀에 잘 들어오지만, 어지간히 흥미 있는 과목이 아니고서는 시간이 지나면서 자기도 모르는 사이에 주의가 산만해진다. 그러나 노트 정리를 하면, 정확하게 기록해야 되겠다는 생각 때문에 수업에 더 귀를 기울이게 된다. 따라서 필기는 경청하는 것을 방해하는 것이 아니라 오히려 주의를 집중하게 도와준다.

필기를 해야 하는 또 다른 이유는 공부한 내용을 보다 명확하게 만들어주기 때문이다. 필기라는 것은 공부한 내용을 그대로 복사하는 것이 아니라 자신의 언어로 바꿔 쓰는 작업이다. 자신의 언어로 바꿔 쓰기 위해서는 공부한 내용을 일단 이해해야 하며, 이 과정에서 무엇을 알고 어떤 것을 모르는지 찾아내게 된다.

기억 흔적이 뚜렷해지고
회상 단서들이 만들어진다

베토벤은 엄청난 양의 작곡 스케치북을 남겼다. 그렇지만 베토벤의 말에 따르면 실제 작곡을 할 때에는 스케치북을 들여다보지 않았다고 한다. 그 말을 들은 누군가가 베토벤에게 "그렇다면 도대체 당신은 왜 스케치북을 사용합니까?"라고 묻자, 그는 "악상을 스케치북에 기록해두지 않으면 곧 잊어버리지만 악상을 스케치북에 기록해두면 절대 잊어버리지 않거든요. 그러니 스케치북을 다시 볼 필요가 없죠."라고 대답했다. 노트 필기 역시 마찬가지이다. 필기를 하는 것 자체가 기억 흔적을 더 강하게 만들어준다.

미국의 시카고대학 심리학과 수잔 골딩-미도Susan Goldin-Meadow 교수는 아동들을 대상으로 손을 자유롭게 움직이며 시험을 볼 때와 그렇지 못하게 했을 때의 점수를 비교했다. 손을 자유롭게 움직인 학생들은 그러지 못한 학생들보다 정답률이 1.5배나 높았다. 그리고 문제를 풀 때 눈동자를 움직이는 경우도 정답률이 더 높아진다는 연구 결과가 발표되기도 했다. 이처럼 지능이 뇌에만 갇혀 있는 것이 아니라 몸 전체의 움직임과 연결돼 있다는 이론을 '체화體化된 인지 Embodied Cognition' 이론이라고 한다. 그래서 공부는 눈으로 보고, 귀로 듣고, 입으로 말하고, 손으로 쓰면 훨씬 더 효과적이다.

나는 책을 집필할 때 좋은 아이디어가 떠오르면 운전을 하거나 잠자리에 들다가도 잠시 틈을 내서 메모한다. 그러나 어떤 때는 전혀 잊어버릴 것 같지 않아 그냥 머릿속에만 담아둔다. 나중에 돌이켜보면 적어놓았던 아이디어는 메모를 확인하지 않아도 대부분 떠올릴 수 있었다. 그런데 머릿속에 담아둔 내용은 도무지 생각이 나지 않아 안타깝게 느꼈던 적이 한두 번이 아니다. 왜 그럴까? 그것은 글로 적는 과정에서 더 뚜렷한 기억의 흔적이 머릿속에 만들어지기 때문이다. 강의할 내용을 열심히 메모하면 나중에 강의할 때 그 메모를 볼 일이 거의 없다. 뭔가를 글로 적는 것은 나중에 보기 위해서가 아니라 확실하게 기억하기 위해 필요하다.

복습할 때, 그리고 시험 준비할 때
유용하게 사용된다

수업 시간에 노트 필기를 하지 않고 듣기만 한다면 수업의 내용은 우리의 대뇌 중 청각 피질이라고 하는 곳에만 저장된다. 그러나 필기를 하면서 듣게 되면 청각 정보뿐 아니라 자신이 쓴 글씨나 문장, 즉 시각 정보가 대뇌의 시각 피질에 저장된다. 뿐만 아니라 우리가 글씨를 쓸 때는 근육 운동이 수반되며 이와 관련된 정보는 운동 피질에 저장된다.

필기를 하면서 공부하면 뇌의 청각 피질, 시각 피질 및 운동 피질 모두에 정보가 저장되기 때문에 듣기만 하는 경우보다 3배나 많은 곳에 정보가 저장되며 당연히 회상 가능성도 높아진다. 이것은 마치 책상이나 응접실 탁자, 식탁 등 여기저기에 볼펜을 놓아두면 필요할 때 쉽게 찾아 쓸 수 있는 것과 마찬가지이다.

인간의 기억력에는 한계가 있다. 심리학 연구 결과에 의하면 사람들이 학습을 한 다음 20분만 지나면 40%가량을 잊어버리고, 이틀 후에는 약 70%를 잊어버린다. 따라서 수업 중에 들었던 내용을 정확하게 기록하지 않으면 아무리 머리가 좋은 학생이라도 그것을 모두 기억하기가 어렵다.

공부한 내용을 복습하거나 시험을 준비할 때 필기한 노트가 없이 책만 보고 공부를 하려면 분량이 너무 많아 어디서부터 손을 대야 할지 모르는 사태가 발생한다. 노트 정리를 제대로 하지 않는 학생들은 그래서 시험 공부를 포기하는 경우가 많다. 그러나 핵심 내용이 체계적으로 정리된 노트를 가지고 공부한다면 부담도 적고, 이해하기도 쉽기 때문에 더 열심히 하게 된다. 또한 자신이 공들여 한 일에 더 애착을 갖는 것이 사람의 본성이라서, 노트 정리를 잘하면 공부 역시 열심히 할 수밖에 없다.

깔끔한 노트 정리
노하우

지금까지 노트 정리가 왜 중요한지를 알아봤으니 이제 어떻게 노트를 정리해야 할지 생각해보자. 매사가 마찬가지지만 노트 정리에도 효과적인 방법이 있다.

바인딩 노트를 사용하거나 과목별로 정리한다 ● 노트는 과목별로 따로 정리하는 것이 좋다. 굳이 한 권의 노트에 모든 과목을 정리하고 싶다면 나중에 노트장을 헤쳐서 다시 묶을 수 있는 바인딩 노트를 사용하는 것이 좋다. 왜냐하면 수업을 듣거나 도서관에 갈 때, 이 노트 한 권만 가지고 다니면서 필기를 하고 나중에 과목별로 다시 묶기만 하면 되기 때문이다. 공부한 내용을 체계적으로 정리하기 위해서는 번호를 붙여서 정리해야 한다. 예를 들어 큰 제목은 로마자 I, II, III으로, 작은 제목은 1, 2, 3으로, 하위 제목은 1), 2), 3)으로, 설명 내용들은 (1), (2), (3) 등으로 번호를 붙여 정리하라. 그러면 나중에 전반적인 윤곽을 파악하기가 훨씬 쉬워진다.

여러 가지 기호나 형광펜으로 필기 내용을 차별화한다 ● 노트를 정리할 때는 어떤 것이 중요한지 또 어떤 것이 수업 중에 배운 것이고 뭐가 나중에 보충해야 될 것인지를 알려주는 표시를 해두어야 한다. 예를 들어, 참고서를 찾아보아야 할 것은 노란색, 선생님이 강조한 부분은 파란색 형광펜을 사용해서 표시해두면 나중에 정리한 내용이 일목 요연하게 파악된다. 중요한 것은 밑줄을 긋고, 반드시 암기해야 하는 것은 거기에다 별표☆를 추가하고, 이해가 안 되거나 나중에 보충해야 할 내용에는 '물음표?' 표시를 하는 등 나름대로 여러 가지 기호들을 사용해서 노트를 정리하라. 그리고 복습할 때 추가해서 기록해 넣는 내용은 수업 시간에 사용한 펜의 색깔과 다른 색, 예를 들면 파란색이나 녹색 펜을 사용하라. 그러면 다른 부분보다 훨씬 눈에 잘 띄기 때문에 복습을 할 때나 짧은 시간에 여러 과목을 공부해야 하는 시험 기간에 지겹지 않게 공부할 수 있다. 물론 수업 중에는 이 모든 일을 다 할 수 없다. 그렇다면 나중에 시간을 내서 노트를 검토할 때 표시하면 된다. 그러나 너무 다양한 색을 쓰거나 거의 모든 내용에 밑줄을 긋거나 온갖 기호들을 그려 넣지는 마라. 노트가 너무 현란해지면 오히려 혼란을 가중시키기 때문이다.

여백을 충분하게 남겨둔다 ● 종이를 아끼기 위해서인지 몰라도 지나치게 빽빽하게 노트 정리를 하는 학생들이 있다. 여백이 없이 너무 빽빽하게 적어놓으면 적어도 세 가지의 문제에 부딪힌다. 첫째, 지나치게 빽빽하게 써놓은 노트는 보는 사람을 피곤하게 하고 짜증나게 한다. 둘째, 나중에 기록할 수 있는 여백이 없기 때문에 중요한 내용이 있어도 보충하지 못한다. 셋째, 나중에 공부할 때 정리한 내용들 간에 구분이 잘 되지 않고 혼란스럽기 때문에 기억이 잘 되지 않는다. 수업 시간이 바뀌면 페이지를 바꾸어 필기하는 것이 좋다. 또 주제가 달라지면 한두 줄 띄워 써야 한다. 낭비처럼 보일지 모르나 후에 원하는 부분을 찾는 시간을 절약해줄 뿐만 아니라, 여백을 남겨주면 나중에 빠진 것을 보충할 수 있어 편리하다. 그리고 노트에 적당한 여백이 있으면 어디서 주제가 바뀌는지 알 수 있어서 체계적으로 이해할 수 있다. 또한 마음의 여유가 생기고 분량도 늘어나기 때문에 같은 내용을 공부하더라도 더 뿌듯한 느낌을 가질 수 있다. 노트의 여백은 정신적 여유를 창출한다는 사실을 명심하라.

기억을 되살릴 수 있는 실마리를 적어놓는다 ● 딱딱한 수업 내용만 빼곡하게 들어 차 있는 많은 양의 노트를 보고 그 내용을 모두 기억해내기는 쉽지 않다. 초등학교 동창들의 이름을 효과적으로 기억하는 방법 중 하나는 함께 찍었던 사진을 보거나 아니면 당시의 교실을 상

링컨의
메모노트는
3400여 권,
실학자
정약용선생은
정리의 달인
컴퓨터도
백업하는 세상
보조기억 장치는
기본!
책상 속도
머릿속도
정리하면
효율이
백배!

상하는 것이다. 사진이나 교실을 상상하는 것이 기억을 되살릴 수 있는 실마리로 작용하기 때문이다. 노트 정리에도 기억을 되살리는 실마리를 만들어두면 나중에 기억하기가 쉽다. 예를 들면, 그날의 날짜와 날씨 또는 그날의 중요한 사건, 수업 도중에 선생님이 던졌던 농담이나, 특이한 행동, 친구들이 했던 질문들을 한쪽 귀퉁이에 적어놓아라. 그러면 그것을 볼 때마다 당시 공부했던 내용이 실타래가 풀리듯 차례차례 생각날 것이다.

인테리어를 하듯 재미있게 꾸며보자 ● 공부를 하면서 만들어내는 일차적인 작품이 노트 정리다. 자기가 정리한 노트라도 재미가 있어야 보고 싶어진다. 알아보기가 힘들고 무미건조하면 다시 보고 싶지가 않다. 아무리 열심히 정리해도 다시 보고 싶은 생각이 들지 않는다면 그것은 실패한 작품이다. 글만 있는 책보다는 만화책이 보기가 쉽고, 라디오보다는 TV에 더 눈이 가는 이유는 거기에 그림이나 영상이 있고 재미있기 때문이다. 수업 중에 적당히 여백을 남겨두었다가 복습을 할 때 중간중간에 공부한 내용을 압축할 수 있는 재미있는 삽화를 그려 넣는 것도 좋다. 아니면 교과서나 참고서에 나와 있는 사진이나 도표 등을 복사해서 깔끔하게 붙여 넣으면 한결 멋진 노트가 만들어질 것이다. 간간이 마음에 새겨두고 싶은 명언이나 경구를 적어놓는 것도 노트를 다시 보고 싶게 만든다. 물론 사람마다 개인차가 있으니까 깔끔한 것이 더 효과적이라고 생각하면 요란하게 인테리어를 하듯 노트 정리를 하는 것보다 단순하고 깔끔하게 정리하면 된다.

코넬 식
노트 정리

오래전부터 심리학자들은 효과적인 노트 정리 방법에 대해 연구해왔다. 가장 효과적인 노트 정리 방법으로 알려진 것이 미국의 코넬대학에서 개발된 코넬 식 노트 정리 방법이다. 이 방법이 소개되면서 노트를 만드는 많은 회사들이 이러한 양식으로 노트를 제작하고 있다. 코넬 식 노트는 매우 단순하다. 노트 지면의 왼쪽에 키워드를 적을 수 있는 단서 칸을 만들고 아래에는 요약 칸을 만들어 주는 것이다.

왼쪽 단서 칸에는 수업 중에 정리했던 내용을 검토하면서 핵심 단어나 의문점이나 보충할 점 또는 필기 내용과 관련된 참고 사항 등을 적어 넣는다. 이는 나중에 복습할 때 노트 전체를 보지 않고 짧은 시간에 전체적인 윤곽을 파악할 수 있게 해주는 단서로 작용한다. 단서 칸에 적혀 있는 내용들만을 보면서 우측에 정리한 내용이 무엇인지를 회상해보면 기억하고 있는 것이 무엇인지 잊어버린 것이 무엇인지를 확인할 수 있기 때문에 효율적으로 시험 준비를 할 수 있다.

하단의 요약 칸은 한 페이지에 정리된 내용을 몇 개의 문장이나 단어로 정리하는 곳이다. 요약 칸 역시 시험 보기 바로 직전에 훑어볼 때 유용하게 사용할 수 있다. 요약 칸에는 시험이 끝난 후, 오답노트를 작성해놓으면 같은 실수를 반복하지 않을 수 있다. 단서 칸과 요약 칸에 핵심개념, 중요한 공식, 오답노트, 질문 등을 적어놓으면 교과서나 모든 노트 내용을 뒤적이지 않고도, 짧은 시간에 그것만 훑어봄으로써 많은 내용의 공부를 할 수 있다.

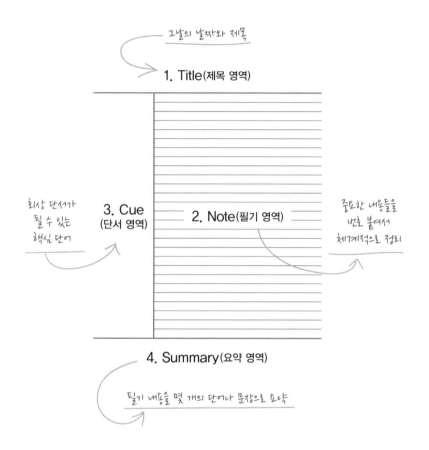

네 꿈과 행복은 10대에 결정된다

노트 정리, 인테리어를 하듯이

노트 필기를 하면서 수업을 들으면 그냥 수

업만 들을 때보다 공부한 내용을 훨씬 더 많이 기억할 수 있

습니다. 필기를 하면 대뇌의 시각과 청각 영역 뿐 아니라 운동 영역에

도 기억이 저장되고, 이를 통해 학습 내용을 능동적으로 조직화하고 원래 알

고 있던 지식과 더 많이 통합시킬 수 있기 때문입니다.

가장 효과적인 노트 정리 방법은 미국의 코넬 대학에서 개발된 '코넬식 노트 정리 방

법'으로, 그 활용법은 매우 단순합니다. 노트 지면의 왼쪽에는 키워드를 적을 수 있는

단서 칸을 만들고 아래에는 요약 칸을 만듭니다. 왼쪽 단서 칸에는 수업 중 정리했던

내용을 검토하면서 핵심 단어나 의문점 및 보충할 점을 적습니다. 하단의 요약

칸에는 그 페이지에 정리된 내용을 몇 개의 문장이나 단어로 정리합니다.

복습할 때는 단서 칸과 요약 칸에 깔끔하게 정리되어 적힌 내용만을

훑어봄으로써 짧은 시간에 많은 공부를 할 수 있습니다.

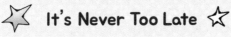

이미지를 그리고
스토리를 만들어보자

무엇을 쓰든 짧게 써라. 그러면 읽힐 것이다. 명료하게 써라.
그러면 이해될 것이다. 그림같이 써라. 그러면 기억 속에 머물 것이다.
- 조셉 퓰리처Joseph Pulitzer

공부할 때 노트나 책을 눈으로만 읽으면서 공부하는 학생들이 많다. 그러나 어떤 학생들은 도표나 그림으로 그려보기도 하고 상상력을 동원해서 공부한 내용과 관련된 심상을 머릿속으로 그려보는 학생들도 있다. 누가 더 짧은 시간에 많은 내용을 기억할 수 있을까? 두말할 필요가 없다. 당연히 후자다. 기억을 확실하게 하는 방법 중 하나는 그림을 그려보는 것이다. 그 이유를 찾아보자.

마음속의 생각을 상대에게 전하는 가장 좋은 방법은 그것을 꺼내서 눈으로 보여주는 것이다. 글이나 그림으로 시각적 형태로 보여주면 소통이 훨씬 쉬워진다. 눈으로 확인할 수 있어 이해가 쉽기 때문이다. 낯선 길을 찾아갈 때 누군가에게 길을 묻는다고 가정하자. 그런데

네 꿈과 행복은 10대에 결정된다

한 사람은 말로 자세하게 설명해준다. 그리고 다른 사람은 약도를 그려서 설명해준다. 누가 더 도움이 되는가? 당연히 후자다.

또 다른 예를 들어보자. 분자의 구조에 대해 공부할 때 말로 자상하게 설명해주는 선생님과, 천연색 그림이 입체적으로 그려져 있는 그림을 보여주면서 수업을 진행하는 선생님의 수업 중 어떤 선생님의 수업이 더 이해가 쉽고 오래 기억되는가? 역시 마찬가지로 후자이다. 왜 그럴까?

그려라, 그러면
기록될 것이다

우리의 뇌는 좌반구와 우반구로 나눠져 있다. 왼쪽 뇌는 주로 언어말이나 글, 논리적 사고를 담당하며 오른쪽 뇌는 그림이나 음악 또는 직관적인 능력 등 비언어적 기능을 담당한다. 책이나 수업을 통해 전달받은 언어적인 내용을 그림이나 도표로 그리면서 공부하면 우리는 양쪽 뇌 모두를 사용하는 셈이다. 반면 눈으로 읽거나 글로 쓰기만 하면서 공부한다면 우리의 뇌 중 한 가지만 사용하게 된다.

그렇기 때문에 그림이나 도표로 그려보거나 상상력을 동원해 심상을 만들어보면 글이나 말로만 공부할 때보다 훨씬 효과적으로 기억할 수 있다. 공부할 때 동원되는 감각 기관이 많을수록 기억은 잘된다. 예를 들어 영어 단어를 암기할 때 단어를 보고, 단어와 관련된 그림을 그려보거나 상상을 하면서 소리 내서 읽고, 또 펜으로 철자를 써 본다면 훨씬 더 효과적이다. 온몸으로 공부하는 것이 눈으로만 하는 것보다 효과적인 데는 다 이유가 있다.

대뇌의 신피질은 보이는 내용을 처리하는 시각 피질, 들리는 내용을 담당하는 청각 피질, 말하는 것을 관장하는 언어 피질, 움직임을 처리하는 운동 피질 등으로 구분되어 있다. 따라서 눈으로 읽으면서 공부를 하는 내용은 시각 피질에서만 처리되지만 온몸으로 공부를 하면 적어도 4개 이상의 대뇌 부위에 정보가 저장된다. 당연히 더 효과적으로 기억될 수밖에 없다.

이미지를 만들어서 기억한다

우선, 간단한 실험을 한 가지 해보자. 아래에는 2개의 단어가 짝지어져 있다. 한 번씩만 읽어보라.

오리 - 도끼

감자 - 인형

바늘 - 아이

담배 - 바위

돼지 - 탁자

다 읽었으면 오른쪽의 단어들을 모두 종이로 가려라. 그리고 왼쪽의 단어만 보고 오른쪽에 어떤 단어가 있는지를 회상해보라. 기억해야 할 내용이 '오리 - 강물' 같은 것이라면 훨씬 외우기가 쉬울 것이다. 그런데 위의 좌우 단어들은 서로 별 관계가 없다. 그렇기 때문에 이 같은 내용을 기계적으로 외우는 데에는 한계가 있다. 위와 같은 내용을 쉽게 기억하는 사람들이 쓰는 전략이 있다. 두 개의 단어를 한꺼번에 묶어주는 심상Image을 만들어내는 것이다.

바우어Bower라는 심리학자는 한 집단에게는 위와 같은 단어 쌍예컨대 '돼지 - 탁자'들을 보여주면서 '돼지가 탁자를 뒤엎는 장면'을 문장으로 만들거나 그 장면의 심상을 상상하게 했다. 다른 집단에게는 단지 기계적으로 암송하게 했다. 전자의 경우는 75%가량을 정확하게 회상해냈다. 그러나 후자의 경우는 35%밖에 회상해내지 못했다.

당신은 영어 단어를 외울 때 어떤 방법을 쓰는가? 예를 들어 'vivid'라는 영어 단어를 외우려 한다고 가정하자. 가장 많은 사람들이 사용하는 기계적인 암기 방법은 'v-i-v-i-d, 밝은, 생생한, 선명한'을 소리 내서 읽거나, 쓰거나, 아니면 암송하는 것을 반복하는 것이다. 그러나 이것보다 더 효과적인 방법이 있다. 그것은 이야기나 심상을 만드는 것이다.

우선 외우려고 하는 영어 단어가 'vivid'라면 영어 발음과 유사하고 관련된 우리말의 단어를 찾아낸다. 가령 '비비다'와 같은 단어 말이다. 그런 다음 '비비다'라는 단어를 이용해서 vivid의 뜻을 포함하는 문장을 만들고 이미지를 만든다. 예를 든다면 "심봉사가 눈을 '비비'

니까 세상이 '선명하게' 보였다"고 상상하면서 심청전의 한 장면을 상상하는 것이다. 그러면 'vivid'라는 영어 단어를 보면, '비비다'가 연상되면서 '선명하게'라는 의미를 회상해낼 수 있다. 여기서 심상을 만들어주는 '비비다'라는 단어가 기억의 '열쇠' 역할을 하기 때문에, 심리학에서는 이를 '핵심 단어 기억술Key Word Method'이라고 한다.

심리학자 앳킨슨Atkinson은 미국의 학생들에게 이러한 방법으로 불어 단어를 외우게 훈련시켰다. 그리고 6주가 지난 다음 이러한 훈련을 받지 않은 학생들과 비교했다. 이들은 기계적인 암송으로 외국어를 공부한 학생들에 비해 무려 200%나 더 많이 회상했다.

단순화시키거나
스토리를 만들어본다

여러 가지 내용을 보다 효과적으로 외우는 가장 간단한 방법은 첫 글자들을 따내서 단순하게 만들거나 이야기를 만드는 것이다. 이 방법은 동서고금을 막론하고 가장 널리 쓰이는 방법으로 심리학에서는 이를 '두문자 기법Acronym Technique'이라고 한다.

예컨대, 우리는 무지개의 일곱 색깔을 '빨주노초파남보'라고 외우거나 조선시대 왕의 이름을 '태종태세문단세예성연중인명선…'으로 외운다. 이보다 더 효과적인 것은 외워야 할 내용의 첫 글자를 따내고, 글자들 사이에 조사나 다른 단어를 삽입해서 가능한 한 재미있고 의미가 통하는 문장으로 만드는 것이다. 예컨대 법의 5단계인 '헌법-법률-명령-조례-규칙'을 외우기 위해서는 '헌-법을 쓸 때는 명-조체를 쓰는 것이 규칙이다'라는 문장을 만들면 된다.

어떤 주부는 이 방법을 사용해서 30년 전에 외웠던 원소 기호를 지금도 생생히 기억할 수 있다고 말하면서 다음과 같이 비법을 소개했다. H, Li, Na, K, Rb, Cs, Fr을 주기순으로 외우는 방법이다.

하와이H의 리나Li, Na가 코리아K의 연인Rb : Lover와 발음이 유사과 크리스마스Cs를 프랑스Fr에서 보냈다.

명성을 날리는 입시 학원의 명강사들이 공통적으로 쓰는 수업 방법이 하나 있다. 그들은 외우기 힘든 내용도 어떤 식으로든 이야깃거리를 만들어 웬만해서는 학생들이 잊어버리지 않도록 가르친다. 서로 관련이 없는 여러 가지의 사실들을 순서대로 기억하는 한 가지 방법은 기억할 내용들이 포함된 이야기를 가능한 그럴듯하게 만드는 것이다. 한 가지 간단한 실험을 해보자. 아래에 소개한 단어들을 순서대로 하나씩 기계적으로 읽어라.

새 → 의상 → 머리 → 우체통 → 강 → 극장 → 간호사 → 눈꺼풀 → 밀랍 → 용광로

단지 10개의 단어에 불과하다. 다 읽었는가? 그러면 이제 책을 보

지 말고 백지에 그것을 순서대로 써보라. 자, 이번에는 앞의 단어들을 다시 보면서 아래와 같은 방식으로 이야기를 만들어서 외워보라.

새 모양의 **의상**을 차려입고, **머리**에 **우체통** 같은 모자를 쓴 한 남자가 **강**에 뛰어들었다. 이때 근처 **극장**에서 한 **간호사**가 달려 나와 그 남자의 **눈꺼풀**에 **밀랍**을 발랐다. 그러나 그 남자는 죽었고 시체는 **용광로**에 던져졌다.

자, 어떤가? 기계적으로 외울 때보다 쉽지 않은가? 이야기를 만들어 기억하는 것이 효과적이라는 사실을 확인하기 위해 심리학자 바우어는 한 집단에게는 관련이 없는 10개의 단어들로 구성된 12개의 목록을 하나씩 보여주면서 이야기를 만들어 외우게 했다. 그리고 다른 집단에게는 '새 → 의상 → 머리…' 등과 같이 단순히 순서대로 암송만 하게 했다. 그런 다음, 단어 목록 모두를 회상하도록 요구했다. 시간은 충분히 주었기 때문에 외우기가 끝난 직후에는 두 집단 모두 거의 완벽하게 회상했다. 그러나 시간이 얼마 지난 다음 회상을 시켰더니 결과가 완전히 다르게 나왔다. 이야기를 만들어서 외웠던 집단은 93%를 정확하게 기억했다. 반면 기계적으로 암송한 집단은 겨우 13%밖에 회상해내지 못한 것이다. 놀랍지 않은가?

왜 이런 차이가 나타날까? 이야기를 만들면서 자연스럽게 그와 관련된 심상이 만들어지기 때문이다. 그러면서 외워야 할 모든 내용은 머릿속에 하나의 이야기, 즉 심상으로 묶여진다. 그리고 하나의 단어는 다음 단어를 회상하게 하며 그것은 또 다른 단어를 떠오르게 서로

네 꿈과 행복은 10내에 결정된나

연결되어 있기 때문이다.

공부할 내용을 스토리로 만들면 여러 가지 이점이 있다. 첫째, 이야기는 인과관계의 구조를 갖고 있기 때문에 이해하기가 쉽다. 둘째, 이야기는 설명문에 비해 흥미를 유발한다. 셋째, 이야기는 의미를 내포하기 때문에 기억하기가 쉽다. 인간의 뇌구조는 오래전부터 이야기를 이해하고 기억하는 방향으로 진화되었다. 그러므로 공부할 내용을 흥미로운 스토리로 만들어내기만 하면 매우 효과적으로 가르칠 수 있고, 공부할 수 있다. 이야기에는 네 가지 요소가 포함되어야 한다.

이야기 구조의 4원칙 - 4C

• • •

1. 인과성Causality : 사건이 서로 인과적으로 연결되어야 한다.

2. 갈등Conflict : 목표 달성 과정에 장애물이 있어야 한다.

3. 복잡성Complication : 내용이 단조로우면 지루함을 유발한다.

4. 인물Character : 강렬하거나 흥미로운 인물이 주인공으로 등장한다.

치매 환자가 노래는
잊어버리지 않는 까닭

공부한 내용을 조직화하기가 힘든 경우에 사용할 수 있는 한 가지 방법이 있다. 노래로 만들어 외우는 것이다. 예컨대 "경상북도

울릉군 남면도동 일번지 동경 백삼십이 북위 삼십칠, 평균 기온 십이도 강수량은 천삼백 독도는 우리땅!"의 '독도는 우리땅'이나 '한국을 빛낸 100명의 위인들'이라는 노래처럼 말이다.

자기가 알고 있는 노래의 가사를 외우고자 하는 내용으로 바꿔서 외우는 방법은 '화학의 원소 주기율표'나 '역사적인 사실' 등 여러 가지 내용을 순서대로 외워야 하거나 체계적으로 정리하기 힘든 내용들을 기억할 때 특히 효과적이다.

이 방법은 두 가지의 장점을 갖고 있다. 우선 지루하지 않게 공부할 수 있다. 둘째, 한 번 외워두면 잊어버리기가 힘들다. 치매 환자들이 자기집 전화번호는 잊어버려도 알고 있는 노래를 흥얼거릴 수 있는 것은 노래라는 것이 우리 뇌의 좌반구뿐 아니라 우반구에도 저장되어 있기 때문이다.

이미지를 그리고 스토리를 만들어보자

우리의 뇌는 좌반구와 우반구로 나눠져 있습니다. 왼쪽 뇌는
주로 말이나 글, 논리적 사고를 담당하고 오른쪽 뇌는 그림이나 음악,
직관적 능력 등 비언어적 기능을 담당합니다. 노트나 책을 눈으로만 읽으면
좌뇌만을 사용하지만, 공부한 내용을 그림이나 도표로 그리거나 이미지를 동원
해서 스토리를 만들면서 공부하면 좌뇌와 우뇌 모두를 사용하게 됩니다. 공부한 내
용이 양쪽 뇌에 동시에 기록되면 내용 기억도 잘 된답니다.

인간의 뇌 구조는 오래전부터 이야기를 이해하고 기억하는 방향으로 진화되었습
니다. 그러므로 공부한 내용을 억지로라도 흥미로운 스토리로 만들어내거나
재미있는 이야기와 연결시키면 훨씬 더 재미있게 공부할 수 있고 오래
기억할 수 있답니다.

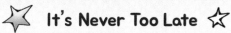

어차피 치를 시험,
이왕이면 이렇게!

공부를 잘하든 못하든 시험을 좋아하는 사람은 없다. 그동안 우리는 너무 오랫동안 시험에 시달려왔기 때문이다. 하지만 우리는 어떤 형태로든 시험을 치러야 하는 문화에 살고 있다. 아니, 과거에도 그랬다. 그리고 앞으로도 영원히 시험이란 없어지지 않을 것이다.

당신은 지금까지 수많은 시험을 치르며 살아왔을 것이다. 앞으로도 수많은 시험을 치르게 될 것이다. 대학 입시를 마치고 대학 생활을 하게 되면 그때 역시 수없이 많은 시험을 치를 것이다. 졸업 시험, 자격증이나 면허증 시험, 취업 시험 등을 거쳐서 직업을 갖게 될 것이다. 그것으로 끝나지 않는다. 직장에서는 승진 시험과 업무 평가라는 시험이 대기하고 있다.

싫든 좋든 시험이란 자신의 노력에 대한 결과를 확인하는 가장 중요한 수단이다. 시험은 그 결과를 통해 우리로 하여금 무엇이 부족한지, 어떤 노력을 해야 하는지를 알게 해준다. 호기심과 도전 욕구를 키워주기도 한다. 어차피 치를 시험이라면 긍정적으로 생각해야 한다. 그리고 그것에 효과적으로 대처할 수 있는 방법을 찾아야 한다. 다음과 같은 방법으로 시험을 준비하자

평소에 조금씩 미리 준비한다 ● '게으른 자는 석양에 바쁘다'고 시험이 코앞에 닥쳐서야 벼락치기를 하는 학생들이 많다. 심리학자 엡스타인Robert Epstein은 한 집단에게는 여러 번 쉬면서 공부하게 했고, 다른 한 집단에게는 휴식 없이 한 번에 몰아서 하게 했다. 학습이 끝난 직후나 15일이 지난 다음에나 여러 번 나누어서 공부했던 집단이 현저하게 높은 점수를 받았다. 그 이유는 다음과 같다. 첫째, 공부한 내용을 주기적으로 되새김으로써 기억의 흔적이 확실해진다. 둘째, 공부할 시간을 짧게 잡기 때문에 지루함을 적게 느끼고 동기와 의욕은 오히려 커진다. 셋째, 간간이 휴식을 취함으로써 피로를 풀 수 있어서 학습 능률을 증가시킨다. 넷째, 비슷한 내용을 시간을 두고 공부하면 전에 했던 내용들과의 관련성을 찾게 되어 체계적으로 정리된다. 결론적으로 말하면 벼락치기는 벼락같이 사라진다는 것이다.

과목에 따라 준비 방법과 시간 안배를 달리한다 ● 시험을 준비할 때는 공부해야 할 과목에 따라 시험 준비 방법을 달리해야 한다. 암기를 위

주로 해야 하는 과목은 많은 내용을 효과적으로 암기할 수 있는 방법을 찾아야 하고, 이해가 중요한 과목은 적은 내용이라도 철저하게 이해해야 응용 문제를 쉽게 풀 수 있다. 그리고 과목의 수와 각 과목별로 투자해야 할 시간을 적절하게 배분하는 것이 무엇보다 중요하다. 만약 수학이 어렵다면 날마다 수학을 공부할 수 있게 시간표를 짜고 부담이 없는 과목들은 상대적으로 적은 시간을, 그리고 몰아서 할 수 있게 시간표를 짜는 것이 효율적이다.

시험 출제자의 입장에서 생각해본다 ● 공부한 내용을 이해하고 암기하고 난 다음에는 그것을 문제로 바꾸어보는 습관이 필요하다. 가장 수동적인 예상 문제 만들기는 문제집을 풀어보는 것이다. 한 걸음 더 나아가 "내가 출제교사라면 이걸 이렇게 내겠지?"라고 생각하면서 스스로 예상 문제를 만들어보면 이해가 더 빨라지고 기억도 잘 된다. 예상 문제를 만들 때는 친구와 서로 문제를 내고 답하는 방법도 좋다.

정답을 확인하고, 오답 노트를 만든다 ● 한 과목의 시험이 끝나고 나면 즉각적으로 답을 확인해보라는 말이 아니다. 쉬는 시간에는 다음 시험 준비를 하는 것이 더 낫다. 시험이 끝나면 "야! 해방이다!"라고 환호를 지르면서 시험지를 내팽개치고 쳐다보지도 않는 학생들이 많다. 모든 시험이 끝나면 과목별로 정답을 반드시 확인해야 한다. '오답 노트'를 따로 만들어 틀린 문제에 대한 정답과 틀린 이유를 확인해서 정리해두자. 예를 들면 문제를 잘못 읽은 것, 몰라서 틀린 것을 다

네 꿈과 행복은 10대에 결정된다

른 색깔로 칠하거나 다른 표시를 해두면 다음 시험에서 비슷한 실수를 저지르는 시행착오를 줄일 수 있다.

시험 문제와 관련된 내용을 정리한다 ● 시험에 나온 문제들을 하나씩 검토하면서 그 내용이 기재된 교과서와 참고서에 표시를 하라. 맞힌 문제든 틀린 문제든 문제로 출제되었다는 것은 중요할 뿐 아니라 다시 출제될 가능성도 높다. 가끔 자기가 모르는 문제를 추측으로 맞추었을 경우, 그것을 자신의 '찍는 능력'으로 돌리면서 다시 돌아보지도 않는 학생들이 많다. 이 경우도 반드시 표시를 해두고 왜 그것이 정답인지를 확인해서 교과서나 참고서에 표시해야 한다. 그래야 다음번에 비슷한 문제가 나올 때 실수하지 않고 자신 있게 답을 쓸 수 있다.

객관식 시험을 잘 보는 요령 8가지

● ● ●

1. 선택지를 보기 전에 문제를 읽으면서 답을 예상하라. 떠오르는 답이 선택지에 포함되어 있으면 그것이 답일 가능성이 높다.

2. 질문 유형을 파악하라. 문제가 긍정적으로 서술되어 있는지맞는 것, 관계 있는 것, 부정적으로 서술되어 있는지틀린 것, 무관한 것를 확인하라.

3. 정답이 분명하다고 생각되거나 예상했던 답이 쉽게 찾아지더라도 모든 선택지를 다 읽어라. 예상하지 못했던 내용이 더 정확한 답일 수 있다.

4. 너무 쉬운 문제에 유의하라. 쉬운 문제는 출제 의도를 파악하고 문제를 끝까지 꼼꼼하게 읽어보라. 너무 쉬운 문제엔 함정이 있을 수 있다.

5. 어렵거나 혼동되는 문제는 표시해두고 나중에 풀어라. 어려운 문제에 집착하면 시간을 낭비하고 불안감이 가중되어 아는 문제도 틀릴 수 있다.

6. 정답이 확실하지 않으면 정답을 찾기보다 정답과 거리가 먼 것부터 하나씩 지워나가라. 그러면 정답과 가까운 내용을 골라 낼 수 있다.

7. 긴 예문을 제시하고 문제가 나오면 예문을 제쳐두고 우선 문제부터 읽어야 한다. 그래야 예문에서 무엇을 찾아야 할지 윤곽을 파악할 수 있다.

8. 문제에 포함된 어구에 유의하라. '항상', '결코', '반드시', '완전히' 등 지나치게 일반적인 내용은 정답이 아닐 가능성이 높다. 반면, '가끔', '아마도', '일반적으로' 등의 단어를 포함한 내용은 정답일 가능성이 높다.

주관식 시험을 잘 보는 요령 8가지

• • •

1. 먼저 질문을 잘 읽고 질문의 의도나 핵심을 추측해본다.

2. 답을 쓸 실마리가 되는 핵심 단어에 밑줄을 긋거나 표시를 한다.

3. 질문의 요지와 답변의 요지를 여백에 간결하게 적는다.

4. 답안의 글씨는 맞춤법과 띄어쓰기에 맞춰 또박또박 쓴다.

   실제 주관식 시험에서 글씨는 의외로 큰 영향을 미친다

5. 핵심 단어를 어떻게 연결시킬지 사전에 미리 구상해본다.

6. 메모해둔 핵심 단어를 놓치지 않으면서 답안을 작성한다.

7. 모호하고 일반적인 단어보다 구체적이고 명확한 단어를 사용한다.

8. 자기 생각을 처음-중간-마무리의 순서에 따라 설득력 있고 분명하게 주장한다.

어차피 치를 시험, 이왕이면 이렇게!

세상에 시험을 좋아하는 사람은 없습니다.

하지만 우리는 지금 어떤 형태로든 시험을 치러야 하는 교

육 환경에 살고 있습니다. 아마 앞으로도 영원히 시험은 없어지지 않

을 것입니다. 어차피 치러야 할 시험이라면 긍정적으로 생각하고 효과적으

로 대처할 수 있는 방법을 찾아야 하겠죠?

안타깝게도 수없이 시험을 치르면서도 시험 자체에 대해 깊이 생각하고 어떻게 하

면 효과적으로 시험을 치를 수 있는지에 대해 공부하고 연구하는 학생은 별로 많지

않습니다. 어려운 문제를 쉽게 푸는 사람들의 공통점은 그 문제를 끊임없이 공부하

고 연구한다는 것입니다.

시험도 마찬가지입니다. 책에 소개된 내용들을 검토하면서 효과적으로 시

험에 대비하는 자기만의 방법을 찾아보십시오. 이전보다 훨씬 적은

노력을 들이고도 훨씬 더 많은 성과를 낼 수 있습니다.

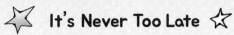
It's Never Too Late ☆

선생님을 좋아하면
그 과목도 좋아진다

인간이 동물과 다른 점은, 동물은 자극에 따라
반응한다는 것이고 인간은 반응을 선택할 수 있다는 점이다.
- 윌리엄 글래서William Glasser

고등학교 때 새로 부임하신 국사 선생님이 너무너무 좋았다. 그때부터 수업도 열심히 듣고 필기도 열심히 하고 시험 공부도 열심히 하고, 일부러 질문할 것을 만들어 교무실로 찾아가곤 했다. 결국 반에서 제일 높은 점수를 받았다. 반면에 수학 선생님과는 사이가 안 좋아서 공부도 하기 싫고 수업 시간에 일부러 딴짓 하고 그러다 수학 성적은 뚜~욱 떨어졌다. 결국 수학 때문에 하고 싶은 전공을 포기할 수밖에 없었다.

- 고등학교 시절을 후회하는 대학생

선생님이 싫으면 그 과목조차 싫어진다. 또 좋아하는 선생님이 생기면 그 과목도 함께 좋아져서 더욱더 열심히 하게 된다. 우리 속담에

"스님이 싫으면 가사도 밉다"는 말이 있다. 또 "마누라가 예쁘면 처갓집 말뚝을 보고도 절한다"는 말도 있다. 이 속담들은 누군가를 싫어하면 그 사람과 관련된 모든 것들이 싫어지고, 어떤 사람을 좋아하면 그와 관련된 사물들조차도 거의 무조건적으로 좋아하게 되는 것이 사람의 심리임을 설명해준다. 세제에서부터 자동차까지 왜 광고주들이 엄청난 거액을 들여 아름다운 모델을 쓰려고 안달일까? 그것은 매력적인 모델에 대한 긍정적인 이미지가 상품에 전이되어 상품의 매출이 증가되기 때문이다. 예를 들어 매혹적인 여성 모델과 함께 자동차를 전시할 경우, 모델 없이 자동차를 전시할 때보다 훨씬 더 긍정적인 평가를 이끌어낼 수 있다. 이처럼 어떤 대상을 긍정적인 자극이나 부정적인 자극과 함께 연합해서 제시하면 나중에 그 대상만을 제시해도 긍정적인 감정이나 부정적인 감정을 유발하는데, 이를 심리학에서는 '연합의 법칙Law of Association'이라고 한다. 어떤 선생님이 좋으면 그 과목도 좋아지고 선생님이 싫으면 그 과목도 싫어지는 것 역시 연합의 법칙에 의해 학습된 현상이다.

선생님이 싫어도
그 과목만은 싫어하지 말자

"나는 약간의 반란은 좋은 것이며 자연계에서의 폭풍처럼 정치계에서도 필요하다는 것을 인정한다." 로지I. Lorge라는 심리학자는 대학생들에게 위와 같은 간단한 메시지를 들려준 후, 어떤 학생들에게는 그 말이 미국의 3대 대통령 토머스 제퍼슨이 한 말이라고 얘기해 주었다. 또 다른 학생들에게는 그것이 러시아 공산주의 혁명가 레닌이 했던 말이라고 설명해 주었다. 똑같은 내용인데도 토머스 제퍼슨이 했던 말이라고 전해들은 학생들은 대부분 그 말에 찬성했다. 그런데 레닌이 한 말이라고 전해들은 학생들은 거의 모두가 그 의견에 반대했다. 이처럼 어떤 대상에 대한 감정교사에 대한 호감이나 미움이 그 대상과 연합된 다른 것수업 내용에까지 전이되는 것을 심리학에서는 '감정 전이Transfer of Affect 현상'이라고 한다.

"죄는 미워해도 인간은 결코 미워하지 말라."《성경》의 이 말은 잘못된 행위를 미워하되 그 행위를 한 사람 자체를 미워해서는 안 된다는 말이다. 이 말을 "선생님의 태도나 가르치는 방식이 싫더라도 그 과목만은 싫어하지 마라"는 말로 바꿔보면 어떨까? 왜? 그 과목을 미워하는 우리만 손해니까.

우리를 가르치는 모든 선생님들이 모두 연예인처럼 멋있고 개그맨처럼 재미있다면 행복할 것이다. 그러나 현실은 그렇지가 못하다. 선생님에 대한 감정 때문에 그 과목에 대한 선호도가 달라진다면 그것은 날씨에 따라 기분이 좌우되는 것과 같다. 세상에는 두 종류의 사람들이 있다. '다른 사람을 탓하며 삶이 주어지기를 바라는 사람', 그리고 '자기의 인생에 책임을 지며 삶을 스스로 만들어가는 사람'.

우리는 개에게 종소리를 들려주면서 침을 흘리게 만들 수도 있으며, 종소리를 듣고 공포반응을 보이도록 훈련시킬 수도 있다. 선생님이 싫을 때 그 과목까지 싫어한다면 우리는 개와 다를 바가 없다. 개는 자신의 삶을 선택할 수 없다. 자기의 삶에 책임을 지는 주도적인 사람은 자극학교, 가정환경, 선생님 등이 아니라 목표나 가치에 따라 반응을 선택한다. 그래서 선생님이 싫든 좋든 필요에 따라 공부한다. 우리가 날씨를 마음대로 선택할 수는 없다. 그러나 비가 올 때 우산을 쓸지 말지는 얼마든지 우리 마음대로 선택할 수 있다. 우리는 선생님을 마음대로 선택할 수 없다. 그러나 그 과목에 대한 태도는 얼마든지 마음대로 선택할 수 있다.

"인간의 위대한 점은 자극과 반응 사이에서 선택할 수 있는 자유가 있다는 점이다." 빅토르 프랑클의 말이다. 당신의 삶을 환경이나 다른 사람들에게 맡기고 싶지 않다면 단지 선생님이 밉다는 핑계로 그 과목을 소홀히 하는 것을 정당화시키지 말아야 한다.

싫은 선생님도
내 편으로 만들어라

살다 보면 추운 날도 있고, 더운 날도 있다. 비가 오기도 하고, 눈이 오기도 한다. 호감이 가는 사람도 만나지만 마음에 들지 않는 사람을 만나게 되는 경우도 많다. 그것이 인생이다. 관계지능은 좋아하는 사람이 아니라 싫은 사람과 어떻게 지내는지에 의해 결정되며 우리가 싫은 사람과 친해질 수 있는 능력을 갖춘다면, 그것은 훗날 무슨 일을 하든 훌륭한 정신적 자산이 된다. 마음에 들지 않는 선생님과 공부를 해야 한다면 다음의 몇 가지를 고려하자.

선생님들이 모두 천사표일 수 없음을 인정한다 ● 당신은 부모에게 최고의 아들이나 딸이며 가장 모범적인 학생인가? 그리고 누구나 좋아하는 친구인가? 우리가 전천후 천사가 아니듯 선생님들도 나름대로 인간적인 한계와 문제를 가지고 있다. 싫은 선생님이 있으면 우선 그분도 인간임을 인정하자.

남의 잘못을 타산지석으로 삼는다 ● '타산지석他山之石'은 남의 산에 있는 거친 돌이라도 옥玉을 가는 데에 소용이 있다는 뜻이며 쓸모없는 것이라도 쓰기에 따라 유용한 것이 될 수 있음을 비유한 말이다. 선생님이 싫어지면 그 모습을 닮지 않기 위해 나는 앞으로 어떤 노력을 해야 하는지 생각하자.

싫을수록 내 편으로 만든다 ● 현명한 사람들은 싫은 사람을 자기편으로 만들 줄 안다. 그것이 어리석은 사람들과 다른 점이다. 상대방의 입장에서 생각하라. 그리고 상대방이 자신을 좋아하게 행동하라. 그 과목을 더 열심히 공부하라. 눈을 마주치고 더 열심히 들어보라. 더 공손하게 질문하라. 그렇게 하다 보면 결국 우리에게 더 좋은 일들이 일어난다.

선생님을 좋아하면 그 과목도 좋아진다

좋아하는 선생님이 가르치는 과목은 더
열심히 하고 싶어지고, 싫어하는 선생님이 가르치는 과목
은 그 과목 자체가 싫어진다고 하는 학생들이 많습니다. 어떤 대상
에 대한 감정이 그 대상과 관련된 사물에게도 연결되기 때문인데, 심리학에
서는 이를 '연합의 법칙'이라고 합니다.

선생님에 따라 과목의 선호도가 달라지는 '감정 전이 현상'은 어쩌면 너무나 당연
한 현상입니다. 하지만 감정에 휘둘리지 않고 주도적으로 공부하는 학생들은 다릅
니다. 그들은 자신의 목표에 따라 반응을 선택하고, 선생님이 싫든 좋든 필요에 따
라 그 과목을 공부합니다.

선생님을 마음대로 선택할 수는 없지만 그 과목에 대한 태도는 얼마든지 우
리 마음대로 선택할 수 있습니다. 싫은 선생님을 좋아할 수는 없지
만 싫어하는 선생님 때문에 내 인생을 망치면 안 되겠죠?

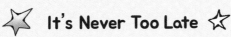

새로운 시작을 꿈꾸는 10대들에게

아들이 10대였을 때 아내와 주고받는 대화를 옆에서 들은 적이 있다. "오늘은 어땠니?"라는 아내의 질문에 아들은 "몰라, 피곤해!"라며 짜증스럽게 대답했다. 세월이 많이 흘렀지만 요즘의 10대들도 크게 다르지 않은 것 같다. 부모들의 질문에 "몰라", "그냥", "됐어"라는 말을 가장 많이 한다고 한다. 그때 나는 아들에게 "태도가 그게 뭐니?"라고 한 마디 했다. 말은 그렇게 하면서도 속으로는 아들이 얼마나 힘들었으면 그랬을까, 하고 생각했다. 그때 당시 아들이, 그리고 지금의 10대들이 살아가는 하루하루가 이렇지 않을까 추측해본다.

"아, 더 자고 싶어. 지겹지만 학교를 가야 하니 어쩔 수 없이 일어나야 한다. 재미도 없고 어렵기만 한 수업이 계속된다. 지각을 했다고, 머리가 길다고, 수업 태도가 좋지 않다고, 때론 성적이 나쁘다고 야단을 맞는다. 학교가 끝나면 또 학원에 가야 한다. 힘들고 짜증나는 하루가 끝날 때쯤

이면 녹초가 된다. 때로는 마음을 잡고 열심히 하는데도, 성적은 도대체 오를 기미가 보이지 않는다. 입만 열면 '공부해라', '놀지 마라'는 선생님과 부모님의 잔소리. 모두 날 위해 하시겠지만 듣기 싫고 짜증나는 말들이다. 지긋지긋한 학창 시절, 도대체 언제 끝날지 모르겠다."

그때 아들에게는 물론 지금 이 땅의 모든 10대들에게 들려주고 싶은 이야기가 있다. 헬렌 켈러가 쓴 《사흘만 볼 수 있다면Three Days to See》이라는 에세이의 내용이다. 요지는 대충 이렇다.

어느 날, 헬렌 켈러가 방금 숲 속을 산책하고 돌아온 친구에게 산책하면서 뭘 보고 왔냐고 물었는데 그 친구는 "별로 특별한 것이 없었다"고 말했다. 그 말을 듣고 헬렌 켈러는 볼 수 있는 사람들이 느낄 수 있는 그 모든 아름다운 것들을 보고 싶어 자기는 마음속으로 수도 없이 울부짖었다면서 친구에게 이렇게 말한다. "내가 사는 동안 유일한 소망이 하나 있다면 그것은 죽기 전에 꼭 사흘 동안만 눈을 뜨고 세상을 보는 것이다." 그러면서 그는 그 사흘을 어떻게 보내고 싶은지 얘기한다.

첫날에는 내게 삶의 보람을 느끼게 해준 친절하고 따뜻한 사람들을 만나보고 싶다. 내가 눈을 뜨고 세상을 볼 수 있게 되면, 가장 먼저 나를 어둠에서 구해준 설리반 선생님을 찾아가, 그동안 손으로만 만져봤던 그녀의 얼굴을 오랫동안 바라볼 것이다. 그리고 친구들을 만나고, 남이 읽어주는 것을 듣기만 했던 책들을 직접 읽어볼 것이다. 오후에는 들과 산으로 가서 예쁜 꽃과 풀들을 볼 것이다. 저녁이 되면 석양에 빛나는 황홀한 노을 앞에서 감사의 기도를 드릴 것이다. 그날은 한잠도 이룰 수 없을 것 같다.

둘째 날에는 동이 트기 전에 일어나서 밤이 아침으로 바뀌는 가슴 설레는 기적을 바라볼 것이다. 그리고 잠든 대지를 깨우는 태양의 장엄한 광경을 경건하게 바라보면서 세상을 두루두루 살펴볼 것이다. 낮에는 박물관과 미술관을 둘러보고 밤에는 영화관이나 극장을 가고 싶다. 또 저녁에는 영롱하게 빛나는 밤하늘의 별을 볼 것이다.

셋째 날에는 아침 일찍 큰길로 나가 부지런히 출근하는 사람들의 활기찬 표정을 보고 싶다. 낮에는 오페라하우스에 가고 밤에는 도시 한복판에 나와 네온사인이 반짝이는 거리와 쇼윈도에 진열된 멋진 상품들을 둘러볼 것이다. 그리고 집으로 돌아와 눈을 감아야 할 마지막 순간이 되면 사흘만이지만 눈을 뜨고 볼 수 있게 해주신 하나님께 감사의 기도를 드리고 영원히 어둠의 세계로 돌아갈 것이다.

어느 날 갑자기 볼 수도 들을 수도 없게 될지 모른다고 생각하면서 우리의 눈과 귀를 사용한다면 우리에게 어떤 변화가 일어날까? 우리가 생각보다 더 많은 것을 갖고 있다는 사실을 깨닫게 될 것이다. 우리가 갖고 있는 것을 당연하게 여기지 않고 진심으로 감사하면서, 훨씬 더 소중하게 생각하고 훨씬 더 진지하게 사용할 것이다. 그러면 우리는 이전보다 훨씬 더 많은 것을 얻게 되고 이전보다 훨씬 더 많은 행복을 느낄 것이다. 힘들고 괴로운 일 속에서도 얼마든지 긍정적인 요소를 찾을 수 있을 것이다. 또 아무리 처참한 상황에서도 그보다 더 끔찍한 일을 가정하면 우리는 스스로를 얼마든지 위로할 수 있을 것이다.

인간은 사물 때문이 아니라 사물에 대한 견해 때문에 고통을 겪는다. 힘든 일이 많겠지만 이 책을 통해 당신 자신과 세상을 조금 다른 관점에서 바라볼 수 있기를 기원한다. 그리고 자신과 주변을 보다 더 너그럽게 대하고, 당신이 하는 일을 더 즐기기를 바란다. 세상의 모든 문제에는 답이 있고, 그 해결책은 하나가 아니다. 이 책에 제시한 해결책보다 더 많은 삶의 지혜와 해결책을 찾아내기 바란다. 그리하여 당신이 어디서 무슨 일을 하든 자기 자신뿐만 아니라 주변까지도 밝고 환하게 비춰주는 희망의 등불이 되어주기를 간절히 소망한다.

아무리 나이가 많아도 새로 시작하기에 너무 늦은 때란 없다. 후회는 아무리 빨라도 늦지만, 시작은 아무리 늦어도 빠르다. 이 책의 마무리가 당신 모두의 새로운 시작점이 될 수 있기를 기원한다.

HERE & NOW

나는 이 책을 읽고 무엇을 느꼈으며 무엇이 달라졌는가?

읽기를 마친 날 _____ 년 ___ 월 ___ 일

네 꿈과 행복은 10대에 결정된다
(전면 개정판)

초판   1쇄 발행 2002년 2월 28일
개정 1판 1쇄 발행 2014년 6월 2일
개정 2판 5쇄 발행 2024년 1월 2일

상무 강용구
기획편집부 최장욱 송규인
마케팅 박진경
디자인 박현경
경영지원 김정숙 김윤하
제작 유수경

본문 일러스트 오금택

펴낸곳 (주)더난콘텐츠그룹
출판등록 2011년 6월 2일 제2011-000158호
주소 04043 서울시 마포구 양화로 12길 16, 7층(서교동, 더난빌딩)
전화 (02)325-2525 | **팩스** (02)325-9007
이메일 book@thenanbiz.com | **홈페이지** www.thenanbiz.com

ⓒ 이민규, 2002
ISBN 978-89-8405-940-5 03800